A.L.Kahnau

X – In fremden Körpern

Roman

A.L.KAHNAU

X

IN FREMDEN

KÖRPERN

© Cover- und Umschlaggestaltung: Laura Newman –
design.lauranewman.de
Bildquellen: © Viorel Sima/Shutterstock.com, Pixabay.com,
Pexels.com

Impressum
A.L.Kahnau c/o Papyrus Autoren-Club,
 R.O.M. Logicware GmbH
 Pettenkoferstr. 16-18
 10247 Berlin
a.l.kahnau@gmail.com
www.alkahnau.com

Bibliografische Information der Deutschen Nationalbibliothek:
Die Deutsche Nationalbibliothek verzeichnet diese Publikation
in der Deutschen Nationalbibliografie; detaillierte bibliografische
Angaben sind im Internet über http://dnb.dnb.de abrufbar.

Herstellung und Verlag:
BoD – Books on Demand, Norderstedt

ISBN: 9783744821643

Für Anna.

Alles Gute zum Geburtstag!

KAPITEL 1

RAIK

Wie gebannt starren wir alle auf das Handy in Hülyas Hand. Das Blut rauscht so laut in meinen Ohren, dass ich näher heranrücke, weil ich Angst habe, etwas zu verpassen. So sehe ich das leichte Zittern, das durch Hülyas Körper geht, als sie das Handy näher an die Lippen hält.

„Hallo?" Ihre Stimme ist nicht mehr als ein Flüstern, aber der Kerl am anderen Ende der Leitung scheint sie trotzdem verstanden zu haben.

Seine Schritte, die durch den kleinen Lautsprecher dringen, stoppen. Nun ist nur noch sein hektisches Atmen zu hören. „Mila?" Er klingt nun zögerlicher als noch kurz zuvor.

Mila. Den Namen hat er eben auch schon genannt. Kurz taucht ein Bild vor meinem inneren Auge auf. Dunkle Haare, schwarze Augen, blasse Haut. Ein Fingerschnippen. Ein kaltes Lächeln. Das Mädchen aus meinem Traum. Doch so schnell das

Bild gekommen ist, so schnell ist es auch wieder verschwunden und zurück bleiben Hülya, Chris und ich. Alleine in einem weiß gekachelten, von Neonlicht beleuchteten Raum.

„Nein", Hülya räuspert sich kurz, um ihre brechende Stimme zu festigen, „nein, hier ist nicht Mila. Wir ..." Sie hebt den Blick und sieht erst Chris und dann mich fragend an. „Was soll ich denn jetzt sagen?"

„Ach, ich weiß nicht", erwidert der Fremde, der ihre Worte genau gehört hat, die Übertragung knistert und verzerrt seine Worte, „plaudere doch einfach ein bisschen. Ich finde deine Stimme so nett." Bevor einer von uns etwas erwidern kann, fügt er fast bellend hinzu: „Oder du verrätst mir einfach deinen verdammten Namen und woher du Milas Handy hast!"

Hülya schnappt empört nach Luft und bevor sie schnippisch werden kann, nehme ich ihr das Handy aus der Hand und spreche selbst hinein. „Vielleicht solltest du uns zuerst einmal sagen, wer *du* bist."

Der Kerl lacht kurz auf. „Ah, das wird ja immer besser ...", er unterbricht sich und nun erklingen wieder seine Schritte, die ziemlich schnell unterwegs zu sein scheinen. Im Laufen zischt er: „Hört zu, ihr Spinner. Keine Ahnung, wer ihr seid. Aber wenn ihr meiner Freundin auch nur ein Haar gekrümmt habt, reiße ich euch in Stücke." Er verstummt erneut, bis wir ihn unterdrückt fluchen hören.

„Wo…", setze ich an, doch er unterbricht mich mit einem einzigen leise gezischten Wort: „Schnauze."

Als wir knurrende Laute im Hintergrund vernehmen, hebe ich kurz den Blick und sehe, dass auch Hülya und Chris gespannt den Atem anhalten. Inzwischen ist es mehr als deutlich, dass der Typ, wer auch immer er sein mag, sich gerade in einer brenzligeren Situation befindet, als wir.

Bis auf die rasselnden und stöhnenden Laute der Untoten in seiner Nähe und das Rauschen in der Leitung ist nichts mehr zu hören.

Chris strafft die Schultern, wendet sich kurz ab, um tief durchzuatmen und dreht sich dann mit einer tiefen Sorgenfalte in der Stirn wieder zu uns um.

Hülya knabbert auf ihrer Unterlippe herum. Eine Geste, die ich bei ihr noch nie gesehen habe. Vermutlich versucht sie dadurch ihre Anspannung loszuwerden.

Schließlich hören wir nur noch das Knistern und Rauschen der Handyverbindung. Ich starre so lange auf die stetig wechselnden Zahlen, die uns die Gesprächsdauer anzeigen, bis sie vor meinen Augen verschwimmen. Als die fremde Stimme wieder ertönt, atmen wir alle erleichtert aus.

„So, ihr Arschgeigen, jetzt macht gefälligst die Tür auf."

„Was…" Das donnernde Klopfen an der Tür direkt neben uns unterbricht mich. Sofort weicht alle

Farbe aus Hülyas sowieso schon blassem Gesicht und auch ich zucke kurz zusammen.

„Woher weiß er, wo wir sind?" Chris' Blick schwankt zwischen dem Handy in meiner Hand und der Tür hin und her.

„Ich bin nicht blöd, okay?", blafft es durch den Lautsprecher. „Es gibt nur zwei Ausgänge aus dem Bunker. Und vor einem davon stehe ich. Der Zweite wird wohl kaum noch zu betreten sein. Habe ich recht?"

Nun bewegen sich Chris' Lippen nur noch stumm und ich sehe, wie er und Hülya in eine wilde, von hektischen Handbewegungen begleitete, Diskussion verfallen. Mit hochgezogenen Augenbrauen folge ich ihrem stillen Gespräch, bis Hülya sich schließlich zu mir umdreht und nickt. „Mach auf."

Chris wirft die Arme in die Luft und stöhnt laut auf. Verwirrt schüttele ich den Kopf. „Bitte was?"

Sie will schon an mir vorbeigreifen, um die Tür zu öffnen, da packe ich mit der freien Hand nach ihrem Arm und halte sie fest. „Was soll das werden?"

„Ich lasse ihn rein." Sie klingt so selbstverständlich, dass ich eine seltsame Mischung aus Lachen und Schnauben von mir gebe. „Das habt ihr gerade beschlossen? Wolltet ihr mich in euer Gespräch irgendwie miteinbeziehen?"

„*Ich* habe das nicht beschlossen", wehrt Chris ab und deutet anklagend auf Hülya. „Aber sie gewinnt jede Diskussion."

Mit einer unwirschen Handbewegung befreit Hülya sich von mir und bringt mich gleichzeitig zum Schweigen. „Du hast doch gehört, dass er da draußen nicht alleine ist. Willst du, dass wir gleich live mit anhören, wie ein Mensch gefressen wird?"

„Ich habe aber auch gehört, wie er uns bedroht hat und ganz unter uns: Ich kann ihn nicht wirklich leiden."

„Danke", brummt es aus dem Handy. „Das beruht auf Gegenseitigkeit."

Ich nicke zustimmend, doch Hülya schiebt mich beiseite und legt die Hand auf den Türgriff. „Geh weg da. Ich nehme das Risiko auf mich."

Chris vergräbt das Gesicht in einer Hand. „Tu, was sie sagt. Es hat ja doch keinen Zweck."

Sprachlos sehe ich mit an, wie Hülya die Tür öffnet. Aber auch, wenn Hülya mich falsch einschätzt: Es würde mir nämlich tatsächlich nichts ausmachen, einen Fremden verrecken zu lassen, müssen wir diese Tür früher oder später öffnen. Deshalb lasse ich sie gewähren und trete noch einen Schritt zurück, um mehr Abstand zwischen den Fremden und mich zu bringen. Mit einer Hand ziehe ich Hülya zurück, als die Tür aufschwingt. Mit der anderen halte ich das Handy.

Chris hält sein Messer fest umklammert und einsatzbereit vor seinem Körper.

Dann stehen wir dem Kerl Auge in Auge gegenüber.

11

„Bonjour", sagt er grinsend und mit einem furchtbar schlecht nachgemachten französischen Akzent, das Handy immer noch an sein Ohr gedrückt. Die rotblonden Haare hängen ihm strähnig bis in die Augen und verdecken so beinahe den feinen Riss, der sich durch sein rechtes Brillenglas zieht. Auf den ersten Blick kann ich nicht genau sagen, ob es sich bei den hellen Punkten auf seinen Wangen und seiner Nase um Schlammspritzer oder Sommersprossen handelt. Vielleicht ist es auch ein bisschen was von beidem. Seine Kleidung ist zweckmäßig geschmacklos. Eine grüngefleckte Army-Tarnhose und eine braune Lederjacke, die ihre besten Zeiten bereits hinter sich hat. Über seiner Schulter hängt ein prall gefüllter Rucksack, den er nun seufzend zu Boden gleiten lässt und ihn mit einem Fußtritt in den Raum befördert. „Legst du zuerst auf?", fragt er und zwinkert mir anzüglich zu.

KAPITEL 2

HÜLYA

Der Fremde wirkt auf mich wie eine Erscheinung aus einer anderen Welt. Wie Indiana Jones auf einer Teeparty. Ich kann nicht anders, als ihn anzustarren, während er den Raum betritt und seine schwarzgerahmte Brille zurechtrückt.

Als sein Blick auf die beiden Infizierten fällt, stöhnt er genervt. „Na, super. Hattet ihr auch vor, das wieder sauber zu machen?"

Raik schließt die Tür hinter dem Jungen, den ich auf unser Alter schätze, ohne ihn aus den Augen zu lassen. Doch das scheint den Rothaarigen überhaupt nicht zu interessieren. Er lässt seinen Blick ausgiebig über meinen Körper schweifen, bevor er die Augenbrauen hebt und durch die Schneidezähne pfeift. „Welch eine Erleichterung. Die Menschheit scheint doch noch nicht ganz verloren zu sein, solange es Mädchen wie dich gibt."

Chris gibt ein unverständliches Grunzen von sich und ich strecke intuitiv den Arm aus, um ihn zurückzuhalten. Ich weiß nicht warum, aber irgendetwas sagt mir, dass dieses überhebliche Gehabe nur Show ist. Denn ich bemerke auch, wie aufmerksam der Junge seine Umgebung im Auge hat. Er ist auf der Hut und lange nicht so cool, wie er es uns glaubhaft machen will.

„Wer bist du?", fragt Raik. Mit verschränkten Armen steht er immer noch bei der Tür.

Ein kleines Lächeln zuckt um die Mundwinkel des Fremden. „Oh, du bist der Anführer, nicht wahr? Das ist ja noch besser als ich gedacht hatte. Weißt du, ich liebe es, Typen wie dich abkratzen zu sehen."

Innerhalb einer Sekunde schafft Raik es, die Distanz zwischen sich und dem Jungen zu überbrücken, ihn an der Kehle zu packen und mit dem Rücken voran gegen die Wand zu donnern. Ich zucke zusammen, als der Fremde mit dem Hinterkopf gegen die Fliesen kracht und ein leises Stöhnen von sich gibt.

„Hör auf mit deinen dummen Sprüchen. Wir sind nicht zum Scherzen aufgelegt", knurrt Raik. „Wer bist du?"

Angespannt lässt Chris die Fingerknöchel knacksen. Unsere Blicke treffen sich kurz. Ich sehe genau, was in ihm vorgeht. Ihm passt Raiks rabiates Vorgehen ebenso wenig wie mir.

„Hey", setze ich leise an, als der Junge röchelt und mit den Händen nach Raiks Arm greift, „lass ihn los. Das bringt doch nichts."

Raiks Kiefer knackt, als er mit sich selbst kämpft und schließlich den Klammergriff löst. Sofort sackt der Junge herunter und greift sich hustend an den Hals. Dann richtet er sich wieder auf und steht Raik so dicht gegenüber, dass sie sich fast berühren. Das Schalkhafte, das bis eben noch in den Augen des Jungen blitzte, ist nun verschwunden und mein Herz schlägt ein wenig schneller, als ich auf die Konsequenzen von Raiks Handeln warte. Doch der rückt keinen Zentimeter ab. In seinem Gesicht ist nicht zu erahnen, was er gerade fühlt oder denkt.

„Jetzt hör mir mal gut zu", sagt der Fremde so leise, dass ich ihn kaum verstehe. „Du hältst dich anscheinend für oberwichtig. Aber in Wahrheit hast du keine Ahnung, was hier vor sich geht. Und du wirst genauso schnell das Zeitliche segnen, wie alle anderen Menschen, denen wir begegnen. Aus dem einfachen Grund, weil ihr dumm seid. Weil ihr euch für etwas Besseres haltet. Und weil ihr nicht begreifen wollt, was da draußen wirklich abgeht. Ich bin es leid, mich alle paar Wochen neu vorzustellen, nur um die neu gemachten Bekanntschaften ein paar Tage später wieder zu verlieren. Also, nenn' mich wie du willst. Ist doch sowieso egal."

Ein paar Sekunden herrscht Stille. Ich habe das Gefühl, dass ich für alle im Raum mit atme. Die eingeatmete Luft entweicht meinen Lungen so schnell und laut, dass ich kaum etwas anderes höre.

Dann tippt Raik dem Fremden gegen die Brust und dieser wankt einen Schritt zurück. „Ich bin Raik. Und den Namen solltest du dir merken. Du wirst nämlich nicht das letzte Mal von mir gehört haben."

Der rothaarige Junge starrt in Raiks Augen, die so dunkel sind, dass sie fast schwarz wirken. Ein paar Mal öffnet er den Mund, dann runzelt er die Stirn. Die Emotionen huschen so schnell über sein Gesicht, dass sie kaum zu greifen sind. Schließlich seufzt er und schüttelt leicht den Kopf. „Paddy. Ich bin Paddy."

Um die Anspannung zu lösen, schiebe ich Raik zur Seite, dessen Bauchmuskeln so hart sind, als hätte er ein Brett unter seinem T-Shirt. Dann strecke ich Paddy die Hand entgegen. „Ich bin Hülya. Und das hier ist Chris." Lächelnd deute ich auf meinen Freund, der zögernd die Hand hebt.

Paddy starrt so lange auf meine ausgestreckte Hand, dass es mir schon unangenehm wird, dann räuspert er sich und lächelt versöhnlich. „Ich will dir nicht zu nahe treten, aber ich verzichte seit etwa drei Jahren lieber auf das Händeschütteln. Virenübertragung und so. Du verstehst schon."

„Ah ja", etwas beschämt ziehe ich die Hand wieder zurück und vergrabe sie in meiner Jackentasche, „klar." Dann sehe ich mich in dem weißgekachelten Raum um, wobei ich geflissentlich über die Leichen hinwegsehe. „Also ... Du wohnst hier?"

Er nickt knapp, drückt sich an mir vorbei und greift nach seinem Rucksack. „Zumindest übergangsweise. Bis ich die anderen wiedergefunden habe."

„Die anderen? Welche anderen?", will Raik wissen. Er klingt immer noch nicht wirklich versöhnlich.

„Mila und …", Paddy unterbricht sich. „Vor allem Mila. Das ist eine etwas längere Geschichte und soweit ich das richtig sehe, seid ihr gerade auf dem Sprung. Also, macht's gut."

Er öffnet die Tür zu dem Raum, in dem wir bis eben noch gefangen saßen und lässt frustriert die Schultern sinken. „Habt ihr euch die Sauerei hier eigentlich mal angeschaut? Ich hab genau zwei Liter Wasser dabei. Und mindestens einen kann ich jetzt verschwenden, um den Mist hier wegzuputzen."

„Wasser?" Kaum hat er das Wort ausgesprochen, bemerke ich meinen trockenen Mund. Unsere Flucht aus dem Schloss war absolut unvorbereitet und das rächt sich jetzt.

Paddy sieht mich über die Schulter an, eine Augenbraue hochgezogen. „Ich habe dir nicht mal die Hand geschüttelt. Denkst du im Ernst, dass ich jetzt mit dir aus einer Flasche trinke?"

„Was ist da draußen?", fragt Raik und nickt in Richtung Tür.

Paddy lässt den Rucksack wieder sinken, verschränkt die Arme vor der Brust und lehnt sich selbstgefällig grinsend an den Türrahmen. „Du würdest weinen, wenn ich es dir verrate."

Raik schnaubt, sichtlich genervt. „Lass es drauf ankommen."

„Okay", meint Paddy, wendet sich aber im selben Moment von uns ab und betritt den Pritschenraum. „Lasst mich aber erst Mal was essen. Ich hab doch tatsächlich eine Dose Thunfisch auftreiben können. Ich meine … Thunfisch, Leute!" Er grinst uns an, seine Augen strahlen, als spräche er von einem Fünfgänge-Menü. Schnell senke ich den Kopf, weil ich mich plötzlich schäme. Obwohl ich in den letzten Jahren auch auf viele gewohnte Luxusprodukte verzichten musste, musste ich doch niemals Hunger leiden. Und ich hab nicht begriffen, wie gut es mir im Gegensatz zu vielen anderen ging.

Doch dieses Glück ist jetzt vorbei. In Zukunft werde ich selbst Wasser hinterherhecheln. Ich staune nicht schlecht, als Paddy den Rucksack öffnet und seine „Beute" hervorholt. Dabei wirft er uns immer wieder skeptische Blicke zu, als hätte er Angst, wir würden uns auf ihn stürzen, um ihm die Sachen zu entreißen. Und wer weiß, vielleicht spricht er da aus Erfahrung.

„Wisst ihr, was ich nicht mehr sehen kann?", murmelt er, während er die Dosen und Flaschen auf dem Tisch stapelt. „Sauerkraut." Angewidert betrachtet er die Blechdose in seiner Hand. „Die Apokalypse bricht aus und das Letzte, das uns bleibt, ist Sauerkraut."

„Das hält sich halt ewig", tippe ich, doch er scheint gar keine Antwort erwartet zu haben.

„Also, was ist jetzt?", fragt Chris. „Gehen wir jetzt?"

„Zuerst müssen wir wissen, wie viele von den Biestern da draußen herumlaufen", entgegnet Raik. Man könnte meinen, er versucht, Paddy mit seinem Blick zu erdolchen. Doch der lässt sich gar nicht stören und räumt seelenruhig den Rucksack leer.

„Stresst mal nicht so. Wir haben Zeit. Vier von ihnen sind mir gefolgt und bis die wieder weg sind, kann es eine Weile dauern. Also, entweder zückt ihr eure Waffen, und ich hoffe für euch, ihr habt mehr, als das mickrige Messerchen da. Oder ihr macht es euch gemütlich und chillt mal ein bisschen."

Nach kurzem Zögern komme ich seiner Aufforderung nach und lasse mich auf der schmalen Pritsche nieder. Chris und Raik ziehen es allerdings lieber vor, stehen zu bleiben.

„Um auf deine Frage zurückzukommen", meint Paddy und schaut kurz zu Raik auf, „muss ich zuerst wissen, wie du sie genau meintest."

Statt einer Antwort runzelt Raik nur die Stirn und Paddy zieht einen Mundwinkel hoch. „Mit *da draußen* meintest du, vor der Tür oder in der Welt?"

Raik schnaubt leise. „Ich weiß, was in der Welt los ist. Ich habe die letzten Jahre nicht auf dem Mond verbracht, okay?"

„Gut, dass du das ansprichst", ruft Paddy erfreut und hebt den Zeigefinger, bevor er sich neben mich auf die Pritsche fallen lässt. Er lehnt sich mit dem Rücken an die Wand und verschränkt die Hände hinter dem Kopf.

Irgendwie macht seine Nähe mich etwas nervös. Die Apokalypse scheint ihm nicht gut bekommen zu haben.

„Habt ihr euch jemals gefragt, woher diese wandelnden Leichen da draußen plötzlich kamen?" Gespannt blickt er von mir zu den anderen. Sein Mundwinkel zuckt ein wenig, als würde er sich gerade einen Scherz mit uns erlauben und sich auf die Auflösung freuen.

„Eine Grippewelle", antwortet Chris schließlich nach kurzem Zögern und setzt sich auf den Bürostuhl.

Paddy leckt sich fast gierig über die Lippen. „Grippe. Ja, so sah es aus. Aber habt ihr jemals von einer Krankheit gehört, die jemanden zu einem menschenfressenden Monster verwandelt?"

„Grippeviren sind klug", versuche ich zu erklären, was Anna uns beigebracht hat, „sie verformen sich, erfinden sich neu, um gegen Antibiotika immun zu sein. Das geht rasend schnell. Der Norovirus zum Beispiel ist nur deshalb so gefährlich, weil er sein Erscheinungsbild immer wieder verändern kann."

Das Schmunzeln in Paddys Gesicht sagt mir, dass er genau mit dieser Antwort gerechnet hat. „Wenn ich euch aber sage, dass es zwar ein Virus ist, aber keines, von dem ein Mensch jemals gehört hat. Keines, das von dieser Welt stammt."

„Ein außerirdisches Virus?", hakt Chris nach und schüttelt gleich leise lachend den Kopf.

Doch Paddy widerspricht nicht. Sein Blick bleibt an Raik hängen, der sich die ganze Zeit nicht geregt hat. Als ich ihn jetzt ebenfalls ansehe, erkenne ich, dass er weniger skeptisch zu sein scheint, als Chris und ich. Auf seiner Stirn hat sich eine tiefe Sorgenfalte gebildet.

Er bemerkt meinen Blick, sieht aber schnell wieder Paddy an und fragt: „Und wie soll dieses Virus auf die Erde gelangt sein?"

Der Rotschopf schnippt einmal mit den Fingern. „Das ist der springende Punkt. Es kam nicht alleine."

Nun bin ich diejenige, die lacht. „Was willst du damit sagen? Dass ein paar Aliens sich hier runter gebeamt haben, um uns krank zu machen?"

Ich schaue zu Chris hinüber, der genauso belustigt über den skurrilen Typ zu sein scheint, wie ich. Nur Raik schweigt und starrt Paddy an.

„Sie haben sich natürlich nicht gebeamt. Und sie sind auch keine süßen, emotional denkenden Wesen wie E.T. Sie sind alles andere als süß, um genau zu sein. Sie sind klug, berechnend und gefährlich. Und sie sind äußerst schwierig zu töten."

„Und das weißt du, weil…", setze ich an, führe den Satz aber nicht zu Ende.

„…weil ich die letzten drei Jahre mit der Jagd nach ihnen verbracht habe."

21

Ein hysterisch klingendes Lachen löst sich aus meiner Kehle, erstirbt aber bei dem Blick in sein ernstes Gesicht. „Du meinst das ernst?"

„Ja. Leider." Der Junge ist ein Mysterium. Auf den ersten Blick wirkt er wie ein Nerd. Mit seiner für sein Gesicht zu groß wirkenden Brille, dem roten Haarschopf und den tausend Sommersprossen, die sein blasses Gesicht bedecken. Doch in seinen Augen liegt eine Härte, die ich selten bei einem so jungen Menschen gesehen habe.

„Du und diese Mila?"

Er nickt. „Mila, Dante und ich."

Raiks Kopf zuckt und ich schaue verwundert zu ihm auf, als er das Gesicht schmerzhaft verzieht und sich an die Schläfe fasst. „Alles in Ordnung?"

Er atmet leise aus und nickt schließlich. „Ja. Alles gut. Nur ein kurzer Kopfschmerz."

Chris seufzt und klatscht in die Hände. „So, ich würde sagen, wir machen uns dann jetzt auf den Weg. Es war nett, deine Bekanntschaft gemacht zu haben. Aber ich denke …", sein Blick schweift zu mir, „Ich denke, wir sollten uns jetzt lieber verabschieden."

Ich bin ganz seiner Meinung. Der Typ hat sie nicht alle. Und da er bewaffnet ist, das Messer an seinem Gürtel blitzt bedrohlich auf, als er sich vorbeugt, ist es wohl besser, die Biege zu machen.

Beruhigend lächelnd stehe ich auf und greife nach Raiks Hand. „Lass uns gehen."

Doch er ballt sie zur Faust und spannt den Kiefer an. Zögernd lasse ich meine Hand wieder sinken. „Du glaubst ihm doch wohl nicht, oder?", flüstere ich.

Mein Blick huscht kurz zu Paddy, der mich ignoriert und stattdessen in Raiks Augen starrt. Die beiden scheinen eine stumme Konversation zu führen.

Schließlich murmelt Raik: „Die Handys. Wie erklärst du dir das, Hülya?" Langsam dreht er mir das Gesicht zu und sieht mich an. „Und das Licht. Warum brennen die Deckenlampen? Das Ei. Was ist das für ein Ding?"

„Ich …", etwas überrumpelt zögere ich und sehe zu Chris hinüber, der die Hand bereits auf den Türgriff gelegt hat.

„Notstromaggregat", erklärt er und nickt zur Decke. „Sie scheinen es irgendwie zum Laufen gebracht zu haben."

Ich warte ab, während er weitere Erklärungen sucht. „Das Ei ist vermutlich ein Magnet oder so. Vielleicht reagiert er auch auf die Wärme der Haut. Keine Ahnung. Alles lässt sich irgendwie erklären. Aber Hülya, im Ernst: Aliens? Das glaubst du doch selbst nicht. Der Kerl verarscht uns. Seit dem Moment, in dem er den Raum betreten hat, tut er nichts anderes."

„Er hat recht", stimmt Paddy ihm zu. „Aber jetzt im Moment meine ich es todernst. Ihr könnt mir glauben oder nicht. Mir ist es egal. Aber solltet ihr da draußen mal einem Schatten begegnen, der nicht aussieht wie euer eigener. Lauft. Lauft, so schnell ihr könnt."

Chris pustet die Luft zwischen den Zähnen aus. „Schatten? Was noch? Geister? Dämonen? Hexen? Leute, kommt schon. Das kann nicht euer Ernst sein, dass wir immer noch hier stehen."

Zögernd mache ich einen Schritt auf die Tür zu und blicke mich zu Raik um. „Kommst du?"

Ohne auf mich zu reagieren, wendet er sich an Paddy. „Und du jagst die Schatten? Du weißt, wie man sie tötet?"

Paddy nickt, verzieht dann aber das Gesicht. „Allerdings nicht alleine. Ich gebe es ungerne zu, aber ich brauche Mila dafür. Sie und Dante sind die einzigen, die die Schatten herauslocken können."

„Was meinst du mit *herauslocken*?"

„Sie können nicht lange in ihrer Schattengestalt überleben, weil das Virus sie schwächt und schließlich tötet. Also suchen sie sich Wirte. Ob tierisch oder menschlich. Das ist egal. Es kann eine Kakerlake sein oder ein Reh. Ein Vogel oder ein kleines Kind. Sie dringen in den Wirt ein und kontrollieren ihn. Und das so lange, bis sie wieder genug Kraft haben, um sich ihre eigene Hülle zu erschaffen."

Chris und ich folgen dem Gespräch der beiden wie einem Theaterstück. Paddys Worte klingen so befremdlich und verstörend, dass ich sie nicht glauben will.

24

„Und wenn ihr sie aus ihrer Hülle gezogen habt",
bohrt Raik weiter nach, „was tut ihr dann mit
ihnen?"

„Wir halten sie solange in ihrer Schattengestalt
gefangen, bis sie elendig verrecken."

Raik nickt. „Gut. Ich bin dabei."

Ich schnappe überrascht nach Luft. „Was?"

Endlich wendet Raik sich mir wieder zu. „Das
sind die Monster, die uns das alles angetan haben.
Die uns unsere Familien und unsere Freunde genommen haben. Willst du nicht auch Rache an
ihnen?"

Ich weiche einen Schritt vor ihm zurück und
schüttele langsam den Kopf. „Nein. Nein, ich will
einfach nur in Sicherheit sein. Ich will mein Leben
weiterleben. Ich will kein Blut mehr sehen."

„Das wirst du aber", brummt Paddy, „wenn wir
sie nicht aufhalten, geht es ewig so weiter. Du kannst
weglaufen und dich verstecken. Die Frage ist nur,
wie lange. Früher oder später werden sie dich finden.
Und sie werden deinen Körper übernehmen und
dich führen. Du wirst keine eigene Entscheidung
mehr treffen können. Und wenn sie dich nicht finden, wird es ein Infizierter tun. Wenn du jetzt ab-
haust, lautet die Frage: Welchen Tod ziehst du vor?"

Verunsichert schaue ich zu Chris, dessen Lippen
so fest aufeinander gepresst sind, dass sie nur noch
als feine weiße Linie zu erkennen sind. Er atmet tief
ein und lässt die Hand schließlich sinken. „Und

wenn wir sie zuerst finden und vernichten? Was dann? Hört der ganze Irrsinn dann auf?"

Paddy zuckt mit den Schultern. „Ich weiß es nicht."

Ich starre auf meine durchweichten Schuhe und lasse mir seine Worte noch einmal durch den Kopf gehen. Immer noch würde ich am liebsten einfach verschwinden. Ich will mich verstecken, die ganze Apokalypsenscheiße ausblenden. Raik, Chris und ich könnten uns einen Unterschlupf suchen und eine große Mauer errichten. Dahinter können wir einen Gemüsegarten anlegen und Obstbäume pflanzen. Wir könnten uns selbst versorgen. Ein Leben lang. Oder solange bis die Schatten kommen. Ein Schauer zieht mir den Rücken hinunter. Ich schaue wieder auf und nicke. „Okay."

Chris zieht eine Augenbraue hoch. „Okay? Okay, wir gehen jetzt?"

Ich schüttele den Kopf. „Okay, ich mach den Schatten den Garaus." Meine Stimme klingt nur halb so überzeugend, wie sie sollte.

„Zuerst müssen wir Mila finden. Ohne Mila können wir nichts ausrichten", wirft Paddy ein.

„Und wer ist diese mysteriöse Mila?", knurrt Chris, der sich schmollend auf den Schreibtischstuhl verzogen hat. „Warum ist sie so wichtig?"

Paddy lacht amüsiert. „Du ahnst nicht, wie oft ich mir diese Frage gestellt habe."

„Du hast sie Alienbraut genannt", erinnere ich mich an seine ersten Worte. Die Worte, die wie durch ein Wunder durch das Handy drangen und mich sprachlos zurückgelassen haben. „Warum? Ist sie eine von denen?"

Paddy beißt sich auf die Lippe und zögert. „Nicht direkt. Ich meine, na ja, irgendwie schon."

„Aber warum ist sie auf unserer Seite?"

Er schüttelt den Kopf. „Nicht sie. Sie ist ein Mensch. Die Frage ist, warum ist Dante auf unserer Seite?"

„Dante ist ein Alien?", hake ich nach und Raik präzisiert die Frage noch. „Er hat von ihr Besitz ergriffen?"

Paddy hebt abwehrend die Hände. „Wartet mal. Langsam, okay? Wenn ihr alles verstehen wollt, lasst es mich auf meine Art und in meinem Tempo erklären. Sonst bringt ihr alles durcheinander."

„Das ist es schon", merkt Chris an. Sein Blick ist so finster, dass es mich nicht wundern würde, wenn gleich ein Gewitter über seinem Kopf aufzieht.

„Mila ist also ein Mensch", hilft Raik Paddy wieder zurück auf die Spur. Dieser nickt und fügt augendrehend hinzu: „Sogar ein sehr gewöhnlicher, wenn ihr mich fragt. Sie war so naiv wie kein zweiter. Wenn ich sie gelassen hätte, hätte sie den Zombies noch die Hand geschüttelt. Nein, wirklich", meint er als ich leise lache, „ich hab ihr damals nicht mehr als ein paar Tage gegeben. Aber, oh Wunder, es stellte sich heraus, dass sie *etwas Besonderes* ist." Er legt die Worte mit Zeige- und Mittelfingern in Anführungsstriche und spricht sie so gedehnt aus, dass man sein Augenrollen daraus hervorhört.

„Inwiefern besonders?", will Raik wissen.

„Sie hatte irgendwie einen besonderen Draht zu den Untoten. Und selbst, als einer von ihnen sie gebissen hat, hat sie überlebt und sich nicht verwandelt."

Nun horchen wir alle auf. Chris schüttelt ungläubig den Kopf. „Das ist nicht möglich."

„Normalerweise nicht. Nein. Aber es stellte sich heraus, dass Mila ein weiteres morbides Experiment der Schattenwesen ist. Sie haben ihr noch im Mutterleib Alienblut gespritzt und sie damit zu einem Mischwesen gemacht. Sie ist halb Alien, halb Mensch."

Mich schüttelt es und ich reibe mir über die Arme, um die Gänsehaut wegzuwischen. „Wie grausam."

Paddy winkt ab. „Ach, nach mehreren kleinen bis mittelgroßen Nervenzusammenbrüchen und einer Welle des Mordens hat sie es ganz gut weggesteckt. Und nach dem Biss ging die krasse Scheiße erst richtig los. Sie kann die Zombies kontrollieren. Sie schleicht sich in deren Köpfe und lenkt sie, als hätte sie einen Joystick in der Hand."

Chris gibt ein Geräusch von sich, bei dem ich nicht genau sagen kann, ob es ein Lachen oder ein Laut der Verzweiflung ist.

„Und wer ist dieser Dante? Was hat er mit ihr zu tun?"

„Dante ist ganz cool", meint Paddy und deutet an Raik vorbei zum Schrank. „Reichst du mir mal eine Dose von dem Thunfisch?"

Raik wirft sie ihm zu und als Paddy die Dose öffnet wird der Raum gefüllt von dem Geruch nach Katzenfutter. Mit den Fingern pult der Rotschopf den öligen Fisch hervor und stopft ihn sich genüsslich brummend in den Mund.

„Also", fährt er fort, „Dante ist zwar einer der Aliens, aber er war von Beginn an hier, um die Katastrophe zu stoppen. Leider wurden fast alle seine Verbündeten getötet. Deshalb stehen wir dem bösartigen Rest der Schattenwesen so gut wie alleine gegenüber." Er schmatzt und lächelt selig. „Scheiße, ist das gut. Na ja, jedenfalls wurde Dantes Körper ebenfalls von einem Infizierten gebissen und er musste ihn verlassen, um nicht mit ihm zu sterben. Und dann hat er sich an Mila dran gehaftet. Er war dann so etwas wie Lucky Lukes Schatten. Immer einen Zug schneller."

„Also hat er sie nicht besetzt?"

„Anfangs nicht. Er wollte es nicht, weil er Angst hatte, sie zu verdrängen. Das passiert früher oder später, wenn der Alien zu lange im Körper ist. Aber dann stellte sich heraus, dass die Schatten ihren menschlichen Körpern so etwas wie Unsterblichkeit verleihen. Und das ist doch extrem praktisch."

„Unsterblichkeit?", wiederholt Raik leise. Sein Blick ist verhangen, als wäre er nicht ganz bei uns.

„Krass, oder?"

„Und ist sie …", ich versuche die richtigen Worte zu finden, „… ist sie noch sie selbst? Wenn sie spricht, woher weißt du dann, ob sie zu dir spricht, oder er?"

Er schüttelt den Kopf. „Das kann man nie wissen. Es sei denn, du kennst sie so gut wie ich. Wenn sie spricht, hängt hinter ihren Sätzen oft ein leichtes Fragezeichen. Und sie ist so … so emotional." Paddy schüttelt sich leicht und streckt die Zunge raus. „Dante spricht härter. Er ist geradlinig und trifft die klügeren Entscheidungen."

Er holt aus und wirft die Dose in eine Ecke, in der ein Mülleimer steht. Sie landet scheppernd daneben, doch er kümmert sich nicht weiter darum.

„Falls euch das jetzt Kopfschmerzen bereitet, das ist normal. Ich würde euch nur bitten, nicht schreiend raus zu rennen. Überhaupt, zu heutigen Zeiten schreiend irgendwo hin zu rennen."

„Hat das mal jemand getan?", frage ich und ziehe die Augenbrauen hoch.

Paddy lacht auf. „Ey, du würdest es nicht glauben. Das ist wie in einem Zeichentrickfilm. Du erzählst den Leuten das, vielleicht noch gefolgt von einem von Milas coolen Tricks und schon rennen sie los. Aber nicht leise, nein. Fehlt nur, dass sie noch die Arme schlackernd in die Luft reißen. Wie Popeys Freundin Olivia."

Bei der Vorstellung muss ich kichern und Paddy verzieht amüsiert die Mundwinkel. „Du lachst über meine Witze. Das ist ungewohnt. Ich mag dich." Ich erwidere sein Schmunzeln und er seufzt und wendet sich wieder an uns alle. „Na, jedenfalls bin ich froh, dass bis hier hin noch niemand ausgerastet ist. Wobei ich mir bei dir nicht so ganz sicher bin." Er deutet mit einem öligen Finger auf Chris, der mit der Zunge schnalzt und noch grummeliger guckt als zuvor.

„Was meinst du, wo Mila jetzt ist?", fragt Raik, der als einziger noch wirklich konzentriert bei der Sache zu sein scheint.

„Wir mussten uns trennen, weil dort draußen einer von ihnen unterwegs war. Wir locken sie in Fallen und schnappen sie uns dann. Aber irgendetwas ist schiefgelaufen. Der Alien war weg, als ich beim vereinbarten Ort eintraf. Genau wie Mila."

„Wo war das?"

„Auf dem Lindenbergfriedhof."

Raiks Schultern spannen sich an und er runzelt die Stirn.

„Da in der Nähe waren wir doch auch vor ein paar Tagen", werfe ich ein.

Er nickt stumm. Sein Kiefer zuckt und er atmet schwer durch die Nase.

„Wieder Kopfschmerzen?", fragt Paddy. Statt einer Antwort stöhnt Raik auf und fasst sich an die Stirn. Er schwankt leicht und ich springe auf, um ihn zu halten. Dann führe ich ihn zur Pritsche und helfe ihm, sich hinzusetzen. „Was kann das bloß sein?"

Paddy beugt sich vor und mustert Raik interessiert. „Sieht mir nach Migräne aus."

„Bist du jetzt auch noch Arzt, oder was?",
brummt Chris.

„Na ja, was soll es anderes sein?" Paddy sieht
Raik in die Augen, der sich gerade wieder zu erholen
scheint. „Oder was meinst du?"

KAPITEL 3

RAIK

Meine Muskeln sind zum Zerreißen gespannt. Als, wären sie bereit zur Flucht. Oder zum Angriff. Für ein paar Sekunden habe ich das Gefühl, keine Macht über meinen Körper zu haben. So wie vorhin im Tunnel. Als würde mich jemand kontrollieren.

Mein Herz rast schmerzhaft in meiner Brust. Unfähig, sich zu beruhigen. Ich atme tief ein, konzentriere mich auf meine Finger und versuche sie zu lockern. Allmählich lässt das Ohnmachtsgefühl wieder nach und endlich kann ich Paddy antworten.

„Migräne. Ja, das kann sein."

Es gefällt mir nicht, ihn und vor allem Hülya anlügen zu müssen. Aber was würde er tun, wenn ich ihm die Wahrheit sagen würde? Dass ich die Kontrolle über meinen Körper verliere? Dass ich manchmal das Bedürfnis habe, dem nächststehenden

Menschen den Schädel einzuschlagen? Wer versichert mir, dass er mich nicht sofort tötet?

Zuerst muss ich herausfinden, was er und seine Freunde wirklich vorhaben. Ich muss es mit eigenen Augen sehen. Ich will diese Schattenwesen sehen, damit ich weiß, womit ich es zu tun habe.

Paddy runzelt nur für eine Sekunde die Stirn, dann grinst er und klopft mir auf den Oberschenkel. „Alles klar, Alter. Ich dachte, das wäre vor allem ein Frauenproblem. Aber du trägst das Ganze mit sehr viel Stolz. Das macht es weniger … schwul."

Ich frage mich, was Hülya an dem Kerl witzig findet. Aber da er derjenige von uns ist, der momentan die meiste Ahnung und den Plan hat, überwinde ich mich und verziehe die Mundwinkel zu einem gequälten Lächeln. „Also, wie gehen wir jetzt weiter vor? Warten wir hier, bis sie wieder auftaucht?"

Er steht auf und geht zu seinem Rucksack. Dann zieht er ein langes Messer und eine Schusswaffe daraus hervor.

„Wir teilen uns auf. Der Blonde und das Mädel", er zwinkert Hülya zu, „tut mir leid, Namen sind nicht mein Ding. Die beiden bleiben hier und warten, ob sich was tut. Du kommst mit mir mit. Sofern dich deine Wehwehchen nicht davon abhalten."

„Eine Pistole?", mischt Chris sich ein, „hältst du das wirklich für besonders klug? Ein Schuss und du hetzt dir sämtliche Untoten in deiner Umgebung auf den Hals."

„Das ist keine gewöhnliche Pistole", erklärt Paddy überheblich, „Ich würde es dir ja demonstrieren. Aber in geschlossenen Räumen halte ich mich lieber zurück."

„Na klasse, wieder so ein Alien-Ding." Chris verschränkt die Arme vor der Brust. „Wer versichert uns eigentlich, dass du nicht auch einer von denen bist?"

„Das versichert dir der Kerl, der die Waffe in der Hand hat", entgegnet Paddy und bleckt die Zähne zu einem schiefen Grinsen.

Er wirft mir das Messer zu, das ich mit mehr Glück als Können am Griff fange und steckt die Pistole in ein selbstgebasteltes Holster an seinem Gürtel.

„Wo gehen wir sie suchen?", frage ich und schiebe das Messer zwischen Gürtel und Hose, in der Hoffnung, dass es dort bleibt.

„Dort, wo ich sie zuletzt gesehen habe. Zum Lindenbergfriedhof."

„Ihr zwei wollt alleine gehen?" Hülya klingt unsicher. Sie sieht mir kurz in die Augen und blickt dann zu Boden.

„Keine Sorge, das ist nicht allzu weit von hier", meint Paddy. Dann tritt er einen Schritt auf sie zu und legt ihr die Hand auf die Schulter. „Ich werde bald wieder zurück sein."

Überrascht schaut sie auf und sucht meine Augen. Nun muss ich mir doch ein Lachen verkneifen.

Paddy seufzt und deutet mit dem Daumen auf mich. „Und den bringe ich auch wieder mit."

Hülya und Chris geben uns Rückendeckung, als wir die Stahltür öffnen, durch die Paddy hereingekommen ist. Er dreht sich noch einmal um, um eine letzte Anweisung zu geben: „Ihr dürft jeder etwas trinken. Aber Finger weg von meinem Thunfisch!"

Dann zieht er die Tür vollständig auf und geht mit gezückter Waffe voraus.

Ich weiß nicht, was ich hinter dieser Tür erwartet hatte. Aber ganz sicher nicht das, was ich nun sehe. Zwischen dicken Betonpfeilern stehen die unterschiedlichsten Autos. Fein geparkt in weiß umrandeten Flächen.

„Ein Parkhaus", flüstere ich.

„Tiefgarage", verbessert Paddy mich und winkt mir agentenmäßig mit der freien Hand, ihm zu folgen. Ich werfe einen letzten Blick zurück zu Hülya, auf deren Stirn sich eine tiefe Sorgenfalte gebildet hat. Chris schiebt die beiden Leichen zur Tür heraus und deponiert sie neben dem Eingang. Dann geht er wieder rein und schließt die Tür hinter sich.

Ich bin froh, dass wir über die Handys noch Kontakt zu den beiden halten können und folge Paddy leise zwischen den Autos hindurch. Hier scheint der Strom nicht zu funktionieren. Das einzige Licht dringt von der erhöhten Einfahrt her zu uns herunter.

„Sie scheinen sich verzogen zu haben", meint Paddy, als wir den Anstieg hinauflaufen und uns an der Schranke vorbeischieben. Die Sonne steht an einem wolkenlosen Himmel und strahlt so hell auf uns herab, dass ich zunächst eine Hand schützend über die Augen legen muss.

Durch schnelles Blinzeln versuche ich, mich an die geänderten Lichtverhältnisse zu gewöhnen und die Umgebung zu erkennen. Paddy stößt mich mit dem Ellbogen an und trabt im Laufschritt los.

Jetzt erkenne ich, dass wir uns wieder der Oberstadt und dem Schloss nähern. Zum Friedhof ist es wirklich nicht allzu weit. Doch wenn ich an das letzte Mal zurückdenke, als ich diese Strecke laufen musste, wird mir fast übel.

Mit viel Glück habe ich es vor ein paar Tagen mit Hülya in den Armen zurück ins Schloss geschafft. Mehrmals waren mir Infizierte auf den Fersen und wäre ich auch nur einmal mehr gestolpert, hätten wir es nicht geschafft.

Aber wir haben es geschafft. Ich habe es geschafft. Und allmählich frage ich mich, ob das daran liegt, dass…

Paddy stoppt und unterbricht damit meinen Gedankengang. Er deutet auf eine schmale Gasse links von uns und zeigt mit seinen Fingern eine Zwei an.

Ich nicke und wir zücken beide unsere Messer.

Besondere Waffe hin oder her. Munition will er offensichtlich auch nicht verschwenden.

Ein dicker, glatzköpfiger Kerl, dessen linkes Auge nur noch an ein paar Sehnen an der Höhle baumelt und ein junges Mädchen, etwa sieben Jahre alt, tauchen aus den Schatten auf.

„Ich nehm' den Alten", sage ich sofort und laufe los. Paddy hat anscheinend kein Problem damit, denn er stürmt an mir vorbei und rammt dem Mädchen ohne zu zögern das Messer in den Rachen. Sie sackt in seinen Armen zusammen und bevor sie auf dem Boden aufschlägt, zieht er seine Waffe wieder heraus.

Von dem Anblick bin ich so überrumpelt, dass ich fast in den Dicken hineinrenne. Im letzten Moment weiche ich den tastenden Händen aus und schiebe das Messer in seine leere Augenhöhle. Altes, stinkendes Blut spritzt mir auf die Wange und ich streiche es angeekelt weg, als der Mann in die Knie geht.

„Mutig, ihr das Messer in den Mund zu rammen", meine ich und wische sicherheitshalber noch einmal mit dem Jackenärmel über meine Wange. „Sie hätte dich im selben Moment beißen können."

Paddy zuckt mit den Schultern, streicht das Messer an der Jeans des Mädchens sauber und steckt es wieder ein. „Bei den Kleinen geht das. Bei den Ausgewachsenen versuche ich es auch zu vermeiden."

Er spricht über das Mädchen, als wäre sie nie ein Mensch gewesen. Als wäre sie ein Produkt untoter Liebe. Als würden sie bereits so auf die Welt kommen und hätten nie menschliche Gefühle gehabt.

Ich schaffe es nicht einmal, sie genauer anzusehen. Ich will nicht wissen, welche Schleifen ihre blonden Zöpfe hielten und ob sie eventuell eine Zahnlücke hatte, an der Stelle, an der sie ihren ersten Milchzahn verloren hat.

Im Wald habe ich auch Infizierte getötet. Doch das waren immer nur Erwachsene und bei denen fällt es mir nicht so schwer. Ich kann mir vorstellen, dass sie auch als gesunde Menschen schon nicht gut waren. Dass sie vielleicht mal ein Tier gequält oder eine alte Dame überfallen haben. Manchmal habe ich mir regelrechte Geschichten überlegt. Habe mir die Wahrheit so zurechtgelegt, dass ich mein Gewissen schonen konnte.

Nor und Sibby haben mich immer vor dem Tag gewarnt, an dem ich auch einmal ein Kind töten muss. Und ich war mir immer sicher, dass ich das nicht kann. Mein Blick fällt auf das in Blut und Hirnmasse getränkte Messer in meiner Hand. Wie weit bin ich noch davon entfernt? Wie viele Tote braucht es noch, um mich vollständig abstumpfen zu lassen?

„Wir haben Glück", sagt Paddy und ich erwache aus meiner Trance.

„Was?"

„Heute scheinen die Zombies Ruhetag zu haben, oder so. Es sind überraschend wenige unterwegs." Er nickt die Straße rauf und ich stelle fest, dass er recht hat. Weit und breit ist nichts zu sehen.

„Lass uns schnell weiterlaufen, bevor sie es sich anders überlegen."

Es ist schon erstaunlich, wie schnell die Welt sich verändern kann. Wie schnell aus einem belebten Zentrum eine Geisterstadt wird. Wie schnell Geräusche, die so alltäglich waren, verklingen. Wie schnell die Natur sich ihren Lebensraum zurückerobert. Und wie schnell aus einem Jungen ein Mörder ohne Skrupel wird.

Es dauert etwa eine halbe Stunde, bis wir den Friedhof erreicht haben. Trotz jahrelangem Training bin ich nassgeschwitzt und überrascht, wie ausdauernd Paddy ist. Das hätte ich ihm auf den ersten Blick nicht zugetraut. Aber selbst nach unserem Dauerlauf ist er noch nicht aus der Puste.

Wir durchschreiten das Tor zum Friedhof. Unsere Schuhe knirschen auf dem gekiesten Pfad. Als ich das letzte Mal hier war, herrschte tiefe Nacht und ich sah kaum die Hand vor Augen. Heute ist es schon fast skurril schön. Die Sonne wärmt meine Haut, die Vögel zwitschern und zwischen ein paar Grabsteinen flattert ein gelber Schmetterling. *Ein Zitronenfalter*, höre ich meine Mutter in meiner Erinnerung sagen.

Nicht mehr lange und die Bäume werden wieder grün. Darauf habe ich mich in den letzten drei Jahren jedes Mal am meisten gefreut. Frühling.

Paddy schlendert nun locker neben mir her. Vielleicht ist er doch etwas erschöpft von seinem Sprint. Doch dann fällt mir sein interessierter Blick auf.

„Was?"

„Du läufst sehr zielstrebig. Ist dir das schon mal aufgefallen?"

Ich schüttele leicht gereizt den Kopf. „Das ist nun mal meine Art zu laufen. Stört es dich?"

Paddy zieht amüsiert die Mundwinkel hinunter. „Keinesfalls. Es wundert mich nur. Du weißt doch gar nicht, wo wir hin wollen."

Sofort drossele ich mein Tempo. Er hat recht. Ich dürfte gar nicht wissen, zu welchem Grabstein wir gehen.

„Wie lockt ihr denn eigentlich die Aliens an?", frage ich, um ihn ein wenig abzulenken.

„Mit Sensoren. Das sind so eierförmige, schwarze Dinger. In meinen Händen richten sie nichts aus. Für mich sind sie nicht mehr als Steine. Aber Mila benutzt sie als Kommunikationsmittel. Sie lockt die anderen damit an, kann das Ei aber auch wie ein Navigationssystem benutzen. Das ist echt abgefahren. Sie kann es mit ihren Händen steuern."

Ich schaue ihn gespannt an. „Und wie macht sie das?"

Er zuckt mit den Schultern. „Keine Ahnung. Ist halt so ein Aliending. Dante sagt ihr, was sie zu tun hat und sie macht es."

Nun habe ich Gewissheit. Ich konnte den Sensor hören. Das bedeutet, irgendetwas hat von mir Besitz ergriffen. Ich sollte es ihm sagen. Womöglich kann er mir helfen.

Oder er tötet mich gleich hier. An Ort und Stelle. Vielleicht ist das hier eine Falle. Vielleicht weiß er schon Bescheid. Vermutlich wartet Mila schon an der nächsten Ecke auf uns, um mir den Kopf abzureißen.

Meine Schritte werden langsamer, bis ich schließlich ganz stoppe. Wir kommen der Stelle, an der ich das Ei gefunden habe, immer näher. Schnell schaue ich mich um und schätze die Entfernung bis zum Tor ein. Wenn ich das Überraschungsmoment ausnutze, könnte ich es vor ihm bis dorthin schaffen, und ihn hier einschließen.

Und was dann? Dann habe ich diesen verdammten Alien in mir und niemanden mehr, der sich mit außerirdischer Körperbesetzung auskennt.

Paddy dreht sich zu mir herum, rückt seine Brille zurecht und hebt fragend eine Augenbraue. „Alles klar?"

Angespannt lasse ich die Fingerknöchel knacksen. Meine Hand wandert langsam an das Messer, dessen Klinge an meinen Oberschenkel drückt.

Ich könnte ihn auch sofort beseitigen. Dann gehe ich nicht das Risiko ein, dass er mir noch einmal auflauert. Ein Stich in sein Ohr und ich gehe sicher, dass er mir nie wieder gefährlich wird.

Aber bin ich es, der das denkt? Oder ist es vielleicht jemand anderes? Ein Schatten, der mein Denken lenkt?

„Raik?" Wie durch einen Nebel sehe ich, dass auch Paddy die Hand an seinem Gürtel hat. Sollten wir die Waffen ziehen, im Duell, werde ich das Nachsehen haben. Er hat eine Pistole. Keine Chance, dass ich schneller sein könnte.

Ich atme tief ein und wieder aus, meine Finger entspannen sich, die Muskeln in meinen Oberarmen und Schultern lockern sich wieder. Ich blinzele zweimal, hebe die Hand, die eben noch an meinem Messer lag und fahre mir damit durch die Haare. Meine Lippen zittern leicht, als ich zu einem Lächeln ansetze. „Ja, alles gut. Wollen wir dann?"

Möglichst locker schreite ich an ihm vorbei und bleibe dann noch einmal stehen, um zu ihm zurückzuschauen. „Wo geht's lang?"

KAPITEL 4

HÜLYA

„**M**üssten sie nicht schon längst zurück sein?" Zum wiederholten Mal schaue ich auf die Ziffern, die mir der Handy-bildschirm anzeigt und frage mich, ob die Uhrzeit wirklich stimmt. Vermutlich nicht.

„Jetzt bleib mal locker", gähnt Chris, der sich auf der Pritsche ausgestreckt hat, die Hände hinter dem Kopf verschränkt. „Es wird schon alles klappen. Unkraut vergeht nicht."

Ich werfe ihm einen genervten Blick zu und mar-schiere weiter vor der offenen Zimmertür auf und ab. So verpasse ich nicht, wenn sie an der Stahltür zur Tiefgarage stehen und klopfen sollten.

„Setz dich endlich. Du machst mich ganz nervös. Aufmachen können wir ihnen sowieso erst, wenn sie anrufen. Da könnte ja jeder vor der Tür stehen und klopfen."

„Klar", fahre ich ihn an, „weil ja so viele Menschen da draußen herumspazieren und sich denken: *Klopf' ich doch einfach mal an die Tür da vorne.*"

„Hülya", er setzt sich auf und macht ein ernstes Gesicht. Ich hasse sein ernstes Gesicht. Das setzt er immer auf, wenn er „erwachsen" mit mir sprechen möchte, „deine Sorge in allen Ehren. Aber was bringt es uns, uns hier verrückt zu machen? Dadurch kommen die beiden nicht schneller zurück. Trink lieber noch einen Schluck. Du dehydrierst sonst."

„Hör auf, so hochtrabende Begriffe zu verwenden", motze ich ihn absichtlich kindisch an und ziehe die Augenbrauen zusammen.

„*Dehydrieren* ist ein ganz normales Wort. Das ist nicht hochtrabend. *Hochtrabend* ist hochtrabend."

Wütend stöhne ich auf, greife zu der kleinen, weißen Schüssel – das einzig saubere Gefäß, das wir finden konnten – und nehme einen Schluck von dem Wasser. Dann strecke ich ihm die Zunge heraus.

„Du bist ein Klugscheißer", murre ich.

„Und du musst immer das letzte Wort haben."

„Stimmt."

Chris atmet tief aus und schließt die Augen. „Ich mache jetzt noch ein kleines Nickerchen. Von mir aus lauf eine Schneise in den Boden. Aber leise."

Absichtlich laut trampele ich hinüber zum Schreibtischstuhl, lasse mich darauf plumpsen und drehe mich im Kreis, indem ich mich mit einem Fuß immer wieder am Tisch abstoße. Der Stuhl gibt dabei monoton quietschende Töne von sich und ich kann mir ein Grinsen nicht verkneifen. Chris zu ärgern ist meine liebste Freizeitbeschäftigung seit ich ihn kenne.

Aber er weiß inzwischen, wie er am besten auf meine Provokationen reagiert. Mit Ignoranz. Als mir schwindelig ist und Chris immer noch keine Reaktion gezeigt hat, halte ich seufzend an und starre auf die geöffnete Tür. Dann schweift mein Blick zu dem Essensproviant, den Paddy ordentlich im Schrank aufgestapelt hat. Neben seinem heiß geliebten Thunfisch stehen eine ausgebeulte Dose mit Erbsen und Möhren, ein Glas in Öl eingelegte Tomaten, rote Bohnen und das verhasste Sauerkraut. Obwohl nichts davon mich wirklich anspricht, rumort mein Magen so laut, dass Chris sich auf die Ellbogen stützt und mich mit hochgezogener Augenbraue ansieht.

„War das dein Bauch oder haben wir einen Infizierten übersehen?"

„Witzig", gebe ich trocken zurück und presse eine Hand auf meinen grummelnden Magen. „Die letzte Mahlzeit ist doch schon ziemlich lange her."

„Ich denke, er wird es uns nicht übel nehmen, wenn wir ihn um das Sauerkraut erleichtern, oder?" Chris schwingt die Beine aus dem Bett und steuert auf die Dosen zu.

„Ich hoffe, es sind wenigstens Speckwürfel drin." Interessiert betrachtet er die Dose und zieht schließlich die Mundwinkel nach unten. „Natürlich nicht."

„Ich würde da nicht ran gehen", warne ich ihn.

„Was?", Chris sieht mich an und lacht auf. „Denkst du, er schlachtet uns und verspeist uns als Beilage zum Sauerkraut, wenn er herausbekommt, dass wir etwas davon gegessen haben?"

Ich zucke mit den Schultern. „Keine Ahnung. Wir wissen doch so gut wie nichts von ihm."

„Ach...", meint Chris und sieht mich mit seinem *Ich-hab-dich-gewarnt-Blick* an. „Heißt das, du glaubst ihm seine Grusel-Alien-Geschichten doch nicht so ganz?

„Das heißt: Ich habe umso mehr Angst, weil ich sie glaube. Ich meine, wundert dich das denn wirklich so sehr, dass Außerirdische etwas damit zu tun haben sollen? Vor drei Jahren haben wir genauso ungläubig auf die Untoten reagiert. Und was hat uns das gebracht?"

„Trotzdem", Chris schüttelt stur den Kopf, „glaube ich, dass er ein armer Irrer ist. Und wer weiß, ob Raik überhaupt noch lebt. Vielleicht hat er ihn schon um die Ecke gebracht, als wir die Tür zum Parkhaus geschlossen haben."

Ich schlucke kurz bei der Vorstellung und schiele noch einmal rüber in Richtung Tür. „Aber dann wäre doch zumindest Paddy schon wieder zurück. Oder meinst du, er würde uns so lange warten lassen, wo er uns doch ganz einfach auch sofort töten könnte?"

„Vielleicht will er uns zuerst schwächen."

„Ja, klar", erwidere ich, „deshalb lässt er uns auch mit seinen Vorräten zurück."

„Vielleicht will er, dass uns die Blasen platzen", spinnt Chris weiter und seufzt leise. „Und das kann bei mir nicht mehr allzu lange dauern. Eine Toilette gibt es hier vermutlich nicht, oder?"

Eine Stunde später liege ich rücklings auf der Matratze, das kleine Handy über meinem Kopf haltend und mache dämliche Selfies. Auf jedem einzelnen der Bilder sehe ich selbst aus wie ein Zombie. Blass, mit dunklen Ringen unter den Augen und Schrammen im Gesicht. Meine Haare sind fettig, aber das ist nichts Neues. Shampoo ist schon lange Mangelware und benutzen durften wir es nur einmal in der Woche.

„Was war das letzte Foto, das du mit deinem Handy gemacht hast?", frage ich Chris, der mit in den Nacken gelegtem Kopf auf dem Bürostuhl sitzt und vermutlich meditiert, um seinen Harndrang unter Kontrolle zu behalten. Er schaut auf und legt die Stirn in Falten.

„Das letzte Foto? Das ist über drei Jahre her. Woher soll ich das noch ...", dann hellt sich seine Miene auf und er lacht amüsiert. „Ah, doch. Jetzt weiß ich es wieder. Ich hab den kaputten Gummireifen meines Fahrrads fotografiert, um meinem Vater das Bild zu schicken. Ich wollte ihm beweisen, dass ich nicht mit dem Rad zur Schule kann und er mich fahren muss."

Ich lasse das Handy auf meinen Bauch sinken und drehe den Kopf, um ihn richtig ansehen zu können. „Das war das letzte Foto, das du gemacht hast?"

Er nickt. „Ja, ich denke schon. Welches war deins?"

„Auch ein Beweisbild", murmele ich und lasse der Erinnerung wieder Zutritt zu meinen Gedanken.

Blaulicht und Sirenen rauschten an mir und meiner Freundin vorbei, als wir nach der Schule noch einen Abstecher in Richtung Supermarkt machten.

„Das war schon der Dritte innerhalb einer Stunde", stellte Isa mit mehr Sensationsgier als Besorgnis in der Stimme fest. „Wo die wohl alle hin wollen?"

„Solange sie nicht in den Supermarkt fahren", erwiderte ich und kramte meine Geldbörse hervor, um das Kleingeld darin zu zählen. „Ich hab noch drei Euro. Und du?"

Missmutig verzog Isa den Mund. Klar, mitessen wollte sie, aber nicht bezahlen. „Vielleicht zwei. Ich hab mir in der Pause einen Keks gekauft."

Ich versuchte mir meine Gedanken nicht anmerken zu lassen und hielt die Hand auf, damit sie die Münzen hinein-werfen konnte. „Müsste trotzdem reichen."

„Nimmst du das Zeug dann mit nachhause? Meine Eltern reißen mir den Arsch auf, wenn sie das bei mir finden."

„Meinst du, meine nicht?", erwiderte ich lachend.

Wir bogen gerade auf den Supermarktparkplatz ein, als Isas Handy klingelte. Genervt verdrehte sie die Augen, bevor sie es sich ans Ohr hielt. „Ja?"

Ich beobachtete sie, während sich ihr Gesichtsausdruck von genervt über erstaunt bis hin zu missmutig wandelte.

„Aber wir wollen gerade noch…", setzte sie an, wurde aber von der lauten, fast panischen Stimme in ihrem Handy unterbrochen. Ich hörte sie nun bis zu mir. Isas Mutter.

Fragend zog ich die Augenbrauen hoch, musste aber warten, bis Isa ihrer Mutter mit einem „Also gut. Ja, ich komme euch entgegen", nachgab und auflegte.

„Was?", fragte ich und sie zog entschuldigend die Schultern hoch. „Ich muss nachhause. Mama und Papa holen mich gleich unten an der Bushaltestelle ab."

„Warum das denn? Und unser Plan?"

Sie schüttelte den Kopf. „Den musst du alleine durchziehen. Mama dreht total am Rad. Papa hat auf der Wache wohl irgendwas mitbekommen und jetzt wollen sie sich zuhause verbarrikadieren."

Meine Augenbrauen hüpften nochmal ein Stück höher. „Was? Spinnen die?"

Isa verdrehte die Augen. „Du weißt doch, wie sie sind. Karl wird auch gleich vom Training abgeholt."

Zögernd steckte ich das Kleingeld in meine Hosentasche. Dass Isas Mama manchmal überreagierte wusste ich schon. Sie hatte Isa erst mit 42 Jahren bekommen und ihren kleinen Bruder Karl mit 45. Und sie war eine Spätgebärende, die alle Klischees erfüllte. Eine Übermutter und Glucke, wie sie im Buche stand. Aber Isas Papa war eigentlich das komplette Gegenteil. Locker und witzig. Er arbeitete im Kriminalkommissariat. Was hatte er dort wohl mitbekommen, das ihm eine solche Angst einjagte?

Seufzend zog ich meinen Rucksack ab und bückte mich, um nach dem Makeup zu kramen, das ich heute Morgen extra eingepackt hatte.

„Also ziehst du es alleine durch?", fragte Isa hoffnungsvoll, als sie sah, wie ich mir den roten Lippenstift auftrug und die Wimpern nachtuschte.

„Muss ich ja wohl", grummelte ich. „Ich hoffe nur, dass du nicht ewig zuhause festsitzt. Sonst bringt das Ganze nichts."

„Keine Sorge", meinte Isa, „bis zum Wochenende hat sich die Lage hoffentlich wieder beruhigt."

Ich presste die Lippen aufeinander, um die rote Farbe ordentlich zu verteilen und löste das Zopfgummi, sodass mir die langen schwarzen Haare über die Schultern fielen. „Und? Wie sehe ich aus?"

„Wie eine fünfzehnjährige Nutte", grinste Isa und kassierte dafür einen Faustschlag gegen den Oberarm. Lachend hob sie die Hände. „Mit viel Glück kannst du als Achtzehnjährige durchgehen", beruhigte sie mich und nahm mich dann in den Arm. „Weiß noch nicht, ob ich morgen in die Schule komme. Mama hat gesagt, dass ich mich da mit dieser neuen Grippewelle anstecke, wegen der die halbe Klasse fehlt. Aber wir sehen uns spätestens am Wochenende. Versprochen."

Sie gab mir ein Küsschen auf die Wange und lief dann winkend los. „Schreib mir nachher, ob es geklappt hat."

Frustriert sah ich ihr nach, bis sie um die Ecke verschwand. Im nächsten Moment landete ich beinahe auf der Motorhaube eines Sportwagens, als dieser viel zu schnell auf den Parkplatz einbog. Seine Reifen schlitterten geräuschvoll über den Asphalt, als der Fahrer auf die Bremse trat. Wütend hupte er mich an und gab mir wild gestikulierend zu verstehen, mich zu verziehen.

Ich trat zur Seite und streckte ihm die Zunge heraus, als er grimmig blickend an mir vorbeifuhr und einparkte. Dann fischte ich mein Handy aus der Tasche, das dort wild zu vibrieren begonnen hatte.

Mir wurde heiß, als ich die Nummer meiner Eltern im Display sah. Sofort schossen mir tausend Gedanken durch den Kopf. Sie wussten es. Sie sahen mich. Papa fragte sich bestimmt, was die ganze Schminke in meinem Gesicht sollte. Eigentlich hatte ich Glück mit meinem Papa. Obwohl er gläubiger Muslim war, durfte ich ohne Kopftuch und sogar leicht geschminkt aus dem Haus gehen. Ich durfte auf Partys, solange dort kein Alkohol getrunken wurde und ein Elternteil anwesend war und ich durfte auch mit meinen Freunden ins Schwimmbad. In vielen Dingen war er sogar lockerer als Isas Mama. Aber wenn er mich jetzt hier gesehen hätte, wäre er gewiss nicht begeistert gewesen.

Drei Sekunden starrte ich unentschlossen auf mein Handy. Dann versuchte ich mich selbst zu beruhigen. Es war unwahrscheinlich, dass sie mich gesehen hatten. Papa war zu dieser Zeit noch auf der Arbeit. Sicher wollte Mama nur wissen, was ich gerne essen würde. Ich würde sie nach dem Einkauf zurückrufen. Also steckte ich das Handy wieder ein, straffte die Schultern und marschierte in den Supermarkt.

Obwohl nicht sehr viele Menschen unterwegs waren, war hier drinnen die Hölle los. Ich kam kaum durch die Gänge, weil die Leute ohne Sinn und Verstand von links nach rechts flitzten, sich scheinbar wahllos Dinge packten und sie in ihre Einkaufswagen warfen.

„Entschuldigung", murmelte ich, als ich einer älteren Dame versehentlich auf den Fuß trat, doch sie beachtete mich gar nicht und steuerte ihren Wagen entschlossen weiter durch den Gang. Als ich mich endlich zu den Getränkeregalen durchgekämpft hatte, atmete ich dreimal tief durch und griff dann einfach zu. Ich wusste schon vorher, welche Flaschen ich auswählen würde, weil Isa und ich das genau besprochen hatten. So musste ich nicht zu lange nachdenken, presste die beiden Sektflaschen an meine Brust und machte mich mit klopfendem Herzen auf in Richtung Kasse.

Am Wochenende wollten Isa und ich uns mit den Jungs im Naturfreibad treffen und wir hatten versprochen, für die Getränke zu sorgen. Klar, dass da auch ein wenig Alkohol dazugehörte. Unsere Eltern durften nur niemals davon erfahren.

An der Kasse hatte sich bereits eine lange Schlange gebildet. Mein Blick glitt nervös an den vielen Menschen vorbei bis zur jungen Kassiererin, der der Stress offensichtlich ziemlich auf das Gemüt schlug. Ihr Kopf war hochrot und ihre Finger zitterten, während sie die Verpackungen über das Fließband zog.

Die ältere Dame von vorhin rammte mir den Einkaufswagen in die Fersen. Gereizt drehte ich mich um und warf ihr einen fragenden Blick zu.

„Geht das auch ein bisschen…", schneller, wollte sie wohl fragen, doch ein heftiger Hustenanfall unterbrach sie. Ihre Augen fielen beinahe aus den Höhlen, so stark musste sie husten. Angewidert drehte ich mich wieder um und machte einen weiteren kleinen Schritt vor. Je länger ich warten musste, desto nervöse wurde ich.

An der Kasse ging ein Einmachglas zu Bruch und der Mann, der der Kassiererin gegenüberstand, fluchte laut.

„Scheiße! Können Sie nicht aufpassen? Das bezahle ich garantiert nicht."

„Nein, nein", die Stimme der jungen Frau überschlug sich fast, „das müssen Sie auch nicht."

Daraufhin warf er ihr ein paar Geldscheine hin, raffte seine Einkaufstaschen und eilte hinaus.

Was war bloß mit den Leuten los?

Draußen ertönte eine weitere Sirene, unterbrochen von einer Lautsprecherdurchsage.

ACHTUNG! ACHTUNG! HIER SPRICHT DIE POLZEI! AUFGRUND DER AKTUELLEN SITUATION BITTEN WIR SIE, SICH IN IHRE HÄUSER ZU BEGEBEN UND DORT ABZU-WARTEN, BIS SICH DIE LAGE BERUHIGT HAT. ICH WIEDERHOLE: BITTE BEGEBEN SIE SICH IN IHRE HÄUSER. VERSCHLIESSEN SIE TÜREN UND FENSTER UND WARTEN SIE AUF WEITERE ANWEISUNGEN!

ACHTUNG! ACHTUNG! HIER SPRICHT DIE POLIZEI! AUFGRUND DER AKTUELLEN SITUATION...

„Oh mein Gott!" Die Frau, die vor mir an der Kasse stand, begann so heftig zu zittern, dass sie die Packung mit dem Klopapier fallen ließ, anstatt sie auf das Band zu heben. Ich bückte mich, um sie aufzuheben, da schrie sie mich an: „Das ist meine! Finger weg!" Sie riss mir das Klopapier aus der Hand, presste es zusammen mit den anderen Einkäufen an ihren Körper und rannte dann los.

Die Alarmanlage schrillte los, als sie die Tür passierte, doch das hielt sie nicht auf. Die Kassiererin stand von ihrem

Stuhl auf und rief ihr ein halbherziges: „Hey!" hinterher, dann sank sie wieder zurück auf ihren Stuhl.

Ihr Blick glitt über die restlichen Wartenden in der Schlange. Kurz verweilte er an mir und den zwei Sektflaschen in meinen Armen und mein Herz sprang etwas schneller, dann schaute sie hinaus zu den verblassenden Blaulichtern. Schließlich erhob sie sich wieder, schob den Stuhl zurück und trat aus ihrem Kassenhäuschen.

„Wo wollen Sie hin?", fragte der Mann, der als Nächstes dran war.

Sie sah ihn an, als spräche ein Geist zu ihr. „Nach Hause", antwortete sie leise, dann drehte sie sich um und verließ den Laden.

„Ja, sind denn hier alle verrückt geworden?", erwiderte der Mann und sah sich unschlüssig um, bevor er seine Einkäufe vom Fließband zurück in den Einkaufswagen hob.

Zwei Stöße in meine Hacken ließen mich erschrocken aufjaulen. „Hey!", schnauzte ich die Oma an, die mich finster anstarrte. „Was soll das?"

„Geh zur Seite!", keifte sie und stieß noch einmal mit dem Einkaufswagen nach. Nun drängten auch weitere Kunden Richtung Ausgang. Ich wurde mit der Menge zur Tür geschoben, die Flaschen immer noch in meinen Armen.

Vor der Tür zögerte der Mob plötzlich. Selbst die ältere Frau blieb stehen, als sie den Polizisten mit gezogener Pistole sah. Er hatte sie nicht auf uns gerichtet, sondern auf einen Mann mit Halbglatze, der leicht schwankend mitten auf dem Parkplatz stand.

Die Waffe zitterte leicht in den Händen des Polizisten, als er dem Mann eine Warnung zurief: „Ich sage das jetzt nur noch einmal. Sie sollen stehen bleiben!"

Mein Blick glitt wieder hinüber zu dem Mann, der sehr blass wirkte. Und ich keuchte erschrocken auf, als ich die stark blutende Wunde an seinem Hals bemerkte. Die Warnung ignorierend, trat er taumelnd einen Schritt vor.

„Stehen bleiben, habe ich gesagt!", schrie der junge Polizist und entsicherte mit einem Klicken seine Pistole.

Und mit diesem Klicken wurde mir der Ernst der Situation bewusst. Auf einmal sickerte alles, was ich bisher nur am Rande wahrgenommen hatte, in meinen Kopf und Panik schnürte mir den Hals zu. Ich versuchte, einen Schritt zurückzutreten, mich von dieser Szene abzuwenden, von dem Unheil, das kurz bevorstand, doch die Menschen hinter mir hinderten mich daran. Sie alle standen wie erstarrt da, als hätte sie jemand in der Bewegung eingefroren. Als wären sie gezwungen, nichts anderes zu tun, als die beiden Männer anzustarren, die sich dort gegenüberstanden.

Der Mann mit der Halbglatze gab ein röchelndes Geräusch von sich. Es hörte sich an, als würde er versuchen, Luft zu holen.

„Er ist verletzt!", schrie eine Frau hinter mir, die auch endlich aus ihrer Starre erwacht zu sein schien. „Jemand muss ihm helfen."

Aber wie so oft, wenn nach jemandem *gerufen wurde, fühlte sich niemand angesprochen. Nur der Blick des Polizisten zuckte kurz zu uns rüber und er rief uns zu: „Bleiben Sie da stehen! Niemand rührt ihn an. Haben Sie verstanden?"*

Erleichtertes Gemurmel erklang. Wahrscheinlich hatte auch niemand wirklich vor, sich dem Typen zu nähern.

Dieser trat gerade wieder einen Schritt vor. Sein Kopf schaukelte auf seinen Schultern hin und her, als wollte er seinen Nacken einrenken. Das Röcheln ging in ein Gurgeln über. Blut lief aus seinen Mundwinkeln. Aber unaufhaltsam bewegte er sich weiter auf den Uniformierten zu.

„Stehen bleiben!", schrie der Polizist. „Bleiben Sie stehen! Stehen bleiben!"

Er stolperte zwei Schritte zurück, als der Verletzte noch einen Zahn zulegte, dann löste sich ein Schuss und der Glatzenmann ging in die Knie.

Eine Flasche rutschte mir aus den Händen und zerschlug auf dem Asphalt, als ich entsetzt aufschrie. Die zweite löste sich, als die Menge wieder in Bewegung geriet und mich zur Seite stieß. Kalter Sekt sickerte durch meine Hose und meine Schuhe knirschten über die Scherben. Ein Ellbogen rammte in meinen Rücken und nahm mir für einen kurzen Moment den Atem. Ich stolperte und bekam einen Pappaufsteller zu fassen, an dem ich mich festklammerte, als die Menschen um mich herum zu ihren Autos rannten. Sie nahmen weder auf mich, noch auf den Mann, der immer noch auf dem Boden kniete, Rücksicht. Aus einer Wunde an seiner Brust sickerte Blut hervor. Aber zu meiner Verwunderung schien ihn das überhaupt nicht zu stören. Mit den Händen stützte er sich auf dem Boden ab und kam schwankend wieder auf die Füße.

Der Polizist, der entsetzt zwischen seiner Waffe und dem Verwundeten hin und her blickte, haspelte unverständliches Zeug vor sich hin. Als der Glatzenmann nur noch wenige Zentimeter von ihm entfernt war, setzte er sich endlich in

Bewegung und hastete die Einfahrt hinauf in Richtung Straße.

Wie gelähmt hielt ich immer noch das Schild fest und starrte den Verletzten an. Auf seinem Rücken konnte ich eindeutig das Loch erkennen, durch welches die Kugel sich gefressen hatte. Sie musste sein Herz getroffen haben. Warum lebte er noch?

Das würde mir niemand glauben. Vermutlich war das auch der Grund dafür, warum ich mit zitternden Händen mein Handy hervorkramte und ein Foto schoss. Von dem Mann, dessen Herz durchlöchert wurde und der sich nun langsam zu mir herumdrehte.

KAPITEL 5

RAIK

Obwohl ich gerade noch im Begriff war, Paddy umzulegen, scheint er mir das nicht übel zu nehmen. Nur hin und wieder, wenn er meint, ich könnte es nicht sehen, wirft er mir einen kurzen, absichernden Blick zu. Vorsichtshalber bleibe ich immer einen Schritt hinter ihm zurück, um nicht wieder sein Misstrauen zu wecken.

Dann erreichen wir den Baum, an dessen Ast ich das Ei vor ein paar Tagen gefunden habe.

„Da oben haben wir den Sensor deponiert", sagt Paddy und deutet den Stamm hinauf. „Eigentlich wollten wir die Alienbrut hier lahmlegen, aber irgendetwas ist dazwischen gekommen. Als ich ankam, war weder von E.T. noch von Mila eine Spur zu sehen. Nur dieser Infizierte lag hier."

Ich folge seinem Fingerzeig hinüber zu dem Untoten hinter dem Grabstein, den ich damals zur Strecke gebracht habe.

Langsam werde ich leicht nervös. War ich es, den sie anlocken wollten? Falls ja, scheint Paddy nichts davon zu wissen. Gerade dreht er mir den Rücken zu, um den Baum genauer zu inspizieren. „Der Sensor ist jedenfalls weg. Und nur Mila kann ihn wieder aufspüren."

Ich weiß, wo der Sensor ist. Er hat uns die Tür zu Paddys Versteck geöffnet. Müsste Paddy nicht wissen, wie wir hineingelangt sind? Oder hat Mila ihn darüber nicht informiert? In mir streiten sich die Gefühle. Oder sind es meine Gedanken und die des Fremden, der von mir Besitz ergriffen hat?

Ich muss ihn im Zaum halten, wenn ich mich nicht vollkommen verlieren will.

„Und was jetzt?", frage ich und schaue mich suchend um.

Paddy schiebt ein paar vertrocknete Blätter mit dem Fuß hin und her, um den Boden zu untersuchen. „Wir müssen nach Spuren suchen. Und vor allem nach Infizierten."

„Nach Infizierten?", wiederhole ich ungläubig.

Er nickt gelassen. „Wo die Biester sind, ist Mila meist nicht weit. Sie umgibt sich gerne mit ihnen. Ich sage ihr immer wieder, dass das ein Spiel mit dem Feuer ist. Aber auf mich hat sie noch nie gehört."

„Was ist, wenn sie mal einschläft? Kann sie die Untoten dann immer noch kontrollieren? Oder muss sie sich vorher irgendwo einsperren?"

Paddy lacht leise. „Mila schläft nicht."

„Nie?"

„Nie. Hat auch etwas mit dem Alienblut zu tun. Sie kommt gänzlich ohne Schlaf aus."

Ich ziehe geräuschvoll die Luft ein und räuspere mich dann. „Okay. Macht dir das keine Angst?"

Diesmal lacht er etwas lauter. „Glaub mir, wenn du zusammen mit ihr in die Schule gegangen wärst, würde sie dir nicht mal Angst machen, wenn sie zum Teufel höchstpersönlich mutiert. Ich meine, ich kenne sie, seit sie zehn Jahre alt ist. Ich habe sie mit Zahnspange und Pickeln gesehen. Ich kenne sogar ihre Unterwäsche, weil sie in der fünften Klasse mal den Badeanzug zum Schwimmunterricht vergessen hat. Nein, sie macht mir keine Angst."

Unwillkürlich muss ich grinsen. „Stehst du auf sie?"

Paddy sieht mich an, als wäre mir gerade eine Bohnenranke aus dem Kopf gewachsen. Dann tritt er so dicht vor mich, dass unsere Nasenspitzen sich beinahe berühren und bringt wieder Abstand zwischen uns, indem er mir mit dem Zeigefinger so fest gegen die Brust sticht, dass ich einen Schritt zurückweichen muss. Seine Wangen sind so rot, dass die Sommersprossen dadurch fast überdeckt werden. „Ich…", er zögert und holt noch einmal Luft. „Ich finde gar keine Worte für diese Anschuldigung."

Ich lache amüsiert. „Das war doch gar keine…"

„Es gibt keinen Planeten in diesem Universum, in dem ein Junge wie ich und ein Mädchen wie Mila zusammenpassen könnten. Reicht dir das?"

Ich unterdrücke mein Grinsen und nicke. „Klar. Das war sehr deutlich."

Dass er meinen Verdacht nicht zurückgewiesen hat, behalte ich lieber für mich. Stattdessen deute ich den Kiesweg entlang. „Ich schlage vor, wir teilen uns auf. Du suchst hier und ich dort hinten."

„Junge, Junge", murmelt Paddy und schüttelt fassungslos den Kopf. „Was hast du in den letzten drei Jahren eigentlich gelernt?"

Irritiert sehe ich ihn an, als er an meine Seite tritt und in oberlehrerhaftem Ton fortfährt: „Man beginnt seine Sätze nicht mit den Worten: *Wir teilen uns auf.* Genauso gut könntest du sagen: *Lass uns in den Keller gehen und nachschauen, was dieses seltsame Geräusch verursacht hat.* Oder: *In der einsamen Waldhütte dort hinten brennt Licht. Wir sollten fragen, ob derjenige uns bei der Reparatur unseres Autos helfen kann.* Oder mein persönlicher Favorit: *Hallo? Ist da jemand?*"

Er schnalzt mit der Zunge und nickt mir zu. „Wir gehen zusammen. Niemand trennt sich hier, verstanden?"

„Ai ai, Captain", bestätige ich knapp und salutiere vor ihm. Paddy hat für mich nur ein müdes Augenrollen übrig, doch allmählich beginnt mir die Sache hier Spaß zu machen.

Okay. Es sollte mir keinen Spaß machen. Mein Körper wird höchstwahrscheinlich von einem gruseligen Aliending besetzt und das ist alles andere als witzig. Aber zum ersten Mal seit Langem bin ich wieder mit jemandem unterwegs, der sein Leben nicht so verdammt ernst nimmt. Jemand, dem diese krasse Scheiße noch nicht zu Kopf gestiegen ist. Und endlich kann ich wieder Witze machen und über mich selbst lachen.

Und dieser Humor hilft mir sogar. Denn im Gegensatz zum letzten Mal, als ich hier war, springt mir das Herz nicht mehr bis zum Hals.

Paddy schafft es, ein Licht auf die Infizierten fallenzulassen, das sie weniger gruselig erscheinen lässt. Er macht sie zu etwas Selbstverständlichem. Als wären sie keine größere Gefahr als ein tollwütiger Hund. Er zeigt nicht die geringste Spur von Überraschung oder Entsetzen, als ein armloser Postbote aus dem Gestrüpp neben uns taumelt. Stattdessen zieht er das Messer aus seinem Gürtel und sticht es dem Kerl zielgenau ins Ohr. Wir warten bis der gelbgekleidete Typ zu Boden geht und steigen dann über seine Leiche.

Während wir den Friedhof durchforsten, erzählt Paddy mir, wie er die letzten drei Jahre verbracht hat.

„Meistens waren wir unterwegs. Mila war rastlos. Irgendetwas trieb sie ständig an, weiter zu laufen. Ich denke, es war der Gedanke an die Rache, die sie nehmen wollte. Die ersten Aliens waren leicht zu finden, weil wir dank Dante ihren Standort kannten. Aber mit jedem Mal wurde es schwieriger. Sie hatten Lunte gerochen und sich ziemlich gut versteckt. Als ich mir bei einem unserer *Einsätze* das Bein gebrochen habe, mussten wir gezwungenermaßen ein paar Wochen Pause machen. Mila wäre fast durchgedreht.

Also, noch mehr als sowieso schon." Er unterbricht sich kurz, um eine Infizierte zu Boden zu stoßen. Dann hockt er sich auf ihre Brust und rammt ihr das Messer ins Auge.

Als er wieder aufsteht, das Messer am Hosenbein abwischt und wir weiter gehen, fährt er in Seelenruhe fort. „Nach und nach haben wir uns die Technologie der Aliens zu Eigen gemacht. Wir haben herausgefunden, wie sie miteinander kommunizieren und wie die Sensoren funktionieren. Sogar Dante konnte noch etwas dazulernen."

„Aber ihr habt immer noch nicht alle von ihnen gefunden", murmele ich und fühle mich wieder unwohl. Es kommt mir falsch vor, ihn anzulügen. Gleichzeitig warnt mich mein Gefühl davor, ihm die Wahrheit zu sagen.

Er wirft mir einen kurzen Seitenblick zu und schüttelt dann den Kopf. „Nein, noch nicht alle. Sie sind nicht dumm, weißt du? Sie sind nicht wie die Infizierten, die so durch die Gegend spazieren. Je länger wir brauchen, um sie aufzuspüren, desto besser bereiten sie sich auf uns vor. Sie entwickeln sich weiter."

„Wie meinst du das?"

„Du musst sie dir als Schatten vorstellen. In ihrer wahren Gestalt sind sie tatsächlich nicht mehr als das. Aber das macht sie umso gefährlicher. Du kannst sie nicht vom Schatten eines Baumes oder eines Vogels oder deines Freundes unterscheiden. Sie heften sich an alles, was lebt. So war es zumindest am Anfang. Aber das reicht ihnen schon lange nicht mehr."

Ich bleibe kurz stehen und sehe ihn irritiert an. „Aber du sagtest doch, sie hätten bereits menschliche Körper gehabt, als ihr sie kennengelernt habt."

Er nickt und wir gehen langsam weiter. „Ja, aber diese Körper hatten sie sich selbst erschaffen. Sie können verschiedene Gestalten annehmen. Allerdings erfordert dieser Prozess wohl sehr viel Kraft und Zeit, die sie in ihrer Schattengestalt verbringen müssten. Und das ist ihnen hier nicht möglich. Denn sobald sie keine schützende Hülle mehr haben, ist das Virus für sie tödlich."

Ich nicke, lasse das Gesagte auf mich wirken und versuche, es zu verstehen. „Also sind sie zu Fast Food übergegangen?"

Paddy lacht auf. „Deine Art zu denken gefällt mir. Ja, so könnte man das sagen."

„Aber Dante hat das mit Mila genauso gemacht, oder?"

„Ja, aber sie war damit einverstanden. Ist der menschliche Wirt bereit, den Schatten in sich aufzunehmen, gehen die beiden so etwas wie eine Symbiose ein. Doch Dantes Kollegen holen sich kein Okay. Sie dringen mit Gewalt in ihre Wirte ein und wenn diese nach der Übernahme wieder erwachen, haben sie keine Ahnung, was passiert ist. Das Schattenwesen braucht einige Zeit, bis es alle Körperfunktionen übernommen und die Kraft hat, den Wirt zu lenken. Das Problem ist: Diese menschlichen Hüllen sind nicht von normalen Menschen zu unterscheiden. Die Körper, die die Aliens sich selbst erschaffen haben, waren an ihren schwarzen Augen zu erkennen. Und wenn ich schwarz sage, dann meine ich schwarz." Er sieht mich so intensiv an, dass ich seinem Blick ausweichen muss.

Ich bin ein Wirt? Eine menschliche Hülle? Aber ich bin doch noch ich? Unauffällig betrachte ich meine linke Hand, drehe sie seitwärts und lasse die Finger wackeln. Ich habe alles noch unter Kontrolle. Kein Grund zur Panik.

„Jedenfalls", fährt Paddy fort, „müssen wir uns nun anders behelfen und sie mit diesen Sensoren anlocken. Da springen die meisten drauf an."

„Und wenn ihr einen gefangen habt? Wie bekommt ihr das Schattenwesen aus dem Körper? Wie läuft das genau ab?" Ich bin angespannt, habe Angst, dass das gar nicht möglich ist, ohne den Menschen zu töten. Doch bevor Paddy mir antworten kann, wird er zu Boden gerissen.

Mit einem dumpfen Schlag fällt er auf den Bauch, sein Kiefer knackt, als das Kinn auf den Kiesweg prallt. Seine Brille landet ein paar Schritte entfernt von uns. Stöhnend versucht er sich wieder aufzurichten, wird aber sofort wieder zurückgerissen.

Nach dem ersten Schrecken bemerke ich die Hand, die sich um seinen Knöchel geschlungen hat. Ein Infizierter kriecht aus dem Gebüsch neben uns, zieht sich an Paddy heran und reißt den Mund so weit auf, dass ich die fauligen Zähne in seinem Gebiss sehen kann. Er kann nicht aufstehen, weil seine Beine fehlen. Bloß die blutigen Stümpfe ragen noch aus seinem Körper.

Mit einer schnellen Bewegung zücke ich mein Messer und steche auf seinen Kopf ein. In der Eile verfehle ich mein Ziel und treffe bloß auf seinen Schädelknochen. Den Infizierten scheint mein Angriff überhaupt nicht zu stören. Während Paddy nach seinem Kopf tritt, packt der Untote auch noch mit der zweiten Hand zu und klammert sich an Paddys Oberschenkel fest.

„Verdammtes Mistvieh!", flucht Paddy und gerade, als ich zu einem weiteren Stich ansetze, bemerke ich die knirschenden Laute auf dem Kiesweg.

Blätter rascheln, als sich die toten Körper durch die Büsche drängen. Kleine Steinchen kullern auf mich zu, angestoßen von den schlurfenden Füßen der Infizierten. Gehetzt schaue ich mich um. Es sind Dutzende. Sie kommen aus allen Richtungen und steuern geradewegs auf uns zu.

KAPITEL 6

HÜLYA

„Ich sage dir, da stimmt was nicht." Wieder schaue ich auf das Handydisplay. Eine Geste, die ich noch von früher kenne. Wie oft habe ich das am Tag gemacht? Zwanzig? Dreißig? Vierzig Mal? Display an, draufschauen, Handy weglegen. Eine so banale Sache. Eine so sinnlose Sache.

Diesmal schweigt Chris ein paar Sekunden, bevor er einen halbherzigen Versuch startet, mich zu beruhigen. „Es wird schon alles gut gehen." Er glaubt also auch nicht mehr daran, dass das normal ist.

„Sie sind jetzt vier Stunden weg!", fahre ich ihn etwas lauter als beabsichtigt an.

„Ich weiß", erwidert er und steht auf, um zur Tür zu gehen. Als würden sie auftauchen, wenn er nachschaut. Als hätten wir sie einfach übersehen.

Ich lege das Handy zur Seite und fahre mir mit beiden Händen durch die Haare. „Vielleicht sollten wir sie suchen gehen."

Chris schüttelt den Kopf. „Auf keinen Fall. Wir warten hier, wie es ausgemacht war."

„Und wenn ihnen etwas passiert ist? Vielleicht brauchen sie unsere Hilfe."

„Wenn ihnen etwas passiert ist, sind sie jetzt tot. Da können wir auch nicht mehr helfen."

Ich springe von der Pritsche hoch und starre ihn an. „Aber wir können doch nicht einfach nur hier sitzen und warten. Das macht mich wahnsinnig! Wir müssen doch irgendetwas tun können."

Er deutet auf die Blechdosen. „Du könntest eine Kleinigkeit essen und ich trinke diese Flasche leer, damit ich rein pinkeln kann."

„Du bist so eklig", maule ich und strecke die Zunge heraus. Chris ignoriert mich, leert die Wasserflasche in einem Zug und verlässt dann zum Glück höflicherweise den Raum.

Seufzend lasse ich mich auf den Bürostuhl sinken und ziehe mir die Dose mit dem Sauerkraut heran. Wenn ich Paddy schon etwas zu essen klaue, dann wenigstens das, das er am wenigsten mag. Glücklicherweise ist die Dose mit einem Ziehverschluss versehen, sodass ich keine Probleme habe, sie zu öffnen. Doch das Sauerkraut mit den Fingern und ohne Beilage zu essen ist schon gewöhnungsbedürftig. Der saure Saft verzieht mir das Gesicht und als

Chris wieder hereinkommt, schüttele ich mich gerade.

„So schlimm?"

„Wenn das mal kein Sodbrennen gibt", entgegne ich und reiche ihm das Essen.

Er setzt sich damit auf die Pritsche und nimmt das Handy, das ich dort liegen gelassen habe, in die freie Hand. „Aliens", murmelt er gedankenverloren, während er es hin und her dreht und begutachtet. „Ich wüsste zu gerne, wie diese Technologie funktioniert." Er stellt die Dose auf dem Boden ab und fingert an dem Gehäuse des Handys herum.

„Was machst du da?", frage ich und beobachte jede seiner Bewegungen.

Er schaut nicht auf, als er mir antwortet. „Ich will mal schauen, wie das Teil von innen aussieht. Ich will sehen, was sie daran geändert haben."

„Nein!", rufe ich erschrocken. „Wenn du es aufmachst, können sie uns nicht mehr erreichen."

„Sie rufen garantiert nicht genau in der Minute an, in der ich es auseinanderbaue", entgegnet er.

„Aber was, wenn du es dadurch kaputt machst? Wer weiß, vielleicht ist das eine Art Gas oder Flüssigkeit, dies es am Laufen hält. Und wenn du das Gehäuse öffnest, entweicht das Zeug."

Nun schaut Chris doch auf und zieht die Nase kraus. „Sei doch nicht albern."

Als er sich weiter an dem Handy zu schaffen macht, springe ich auf und will es ihm wegnehmen, doch Chris zieht den Arm weg und hält mich mit dem anderen auf Abstand.

Seine Hand drückt gegen meinen Bauch, als ich mich dagegenstemme, um an das Handy zu kommen. „Lass das! Gib es mir zurück!"

„Ich will doch nur gucken", verteidigt er sich, „ich mache es nicht kaputt. Versprochen." Trotz unserer Rangelei hält er seine Hand so, dass er meine verletzten Rippen nicht berührt.

„Das kannst du gar nicht wissen!" Ich springe links an ihm vorbei auf die Pritsche und packe seinen Arm, um seine Hand zu mir heranzuziehen. Nun sitzen wir uns auf dem Bett gegenüber und rangeln um das Handy, das wir beide fest umklammern.

„Lass los!", knurre ich und versuche ihn mit meinem Fuß an seiner Brust zurückzuschieben.

Chris scheint das Ganze eher zu amüsieren. Grinsend kitzelt er mich an der Sohle und ich muss mich kichernd geschlagen geben. Doch ich lasse das Handy nicht los und er geht zum Gegenangriff über. Statt zu ziehen, kommt er mir nun entgegen und ich falle zurück auf die dünne Matratze. Unsere Hände, die das Handy festhalten, sind zwischen uns eingeklemmt und Chris ist mir nun so nah, dass ich seinen warmen Atem auf meinen Wangen spüre.

Ein kleines Lächeln zuckt über seine Lippen, als er mir in die Augen sieht. Seine Iriden leuchten in einem hellen Blau. Mein Blick wandert über sein Gesicht, das ich noch nie so nah vor mir gesehen habe. Seine Haut ist blass, aber rein und nur hier und da von einem getrockneten Blutspritzer bedeckt. Unter ein paar blonden Haarsträhnen, die ihm in die Stirn gefallen sind, schimmert eine kleine Platzwunde, die er sich zugezogen hat, als wir im Vorraum gegen die Infizierten gekämpft haben. Langsam senke ich den Blick auf seine Lippen. Chris hat für einen Mann wundervoll geschwungene Lippen. Sie sind attraktiv und irgendwie … sinnlich. Sein Körper auf meinem erzeugt einen angenehmen Druck und ich atme flach aus, um meine Rippen etwas zu entlasten. Langsam kommt sein Mund meinem näher. Mein Atem wird hektischer, mein Herz schlägt so kräftig, dass er es spüren muss. Als seine Lippen nur noch Millimeter von meinen entfernt sind, beginnt es zu vibrieren. Moment … Als wir beide gleichzeitig nach dem seltsamen Gefühl an meiner Brust Ausschau halten, stoßen unsere Köpfe gegeneinander.

„Au! Verdammt!", fluche ich und Chris rollt sich seufzend von mir hinunter. Dann erst verstehe ich, was da so vibriert hat. Missmutig hält er mir das Handy entgegen und ich atme erst noch einmal tief durch, bevor ich abhebe.

„Seid ihr zurück?"

„Hülya!", Raiks Stimme klingt fast schon panisch.

Angespannt blicke ich zu Chris hinüber, der die Augenbrauen zusammenzieht.

„Was ist passiert?", frage ich atemlos.

„Ihr müsst uns helfen kommen. Sie haben uns eingekesselt."

75

„Auf gar keinen Fall gehen wir da raus!", wiederholt Chris und stellt sich in den Türrahmen, um mir den Weg zu versperren. Zum dritten Mal sagt er das nun, doch ich ignoriere ihn und husche unter seinem ausgestreckten Arm hindurch.

„Sie brauchen unsere Hilfe", teile ich ihm über die Schulter hinweg mit. „Und ich werde ihnen helfen. Ich werde auf keinen Fall hier sitzen und warten bis sie tot sind."

„Und dafür willst du dein Leben riskieren?" Chris klingt wütend. Wirklich wütend. Von der angenehm knisternden Stimmung vorhin ist nichts mehr zu spüren. Ich unterdrücke den Drang, mir an die Lippen zu fassen und dem Gefühl hinterher zu spüren, das sich in meinem Bauch ausgebreitet hat, als er so kurz davor war, mich zu küssen. Dann atme ich tief ein und schiebe das Kinn trotzig vor. „Wenn du nicht mitwillst, schön. Dann gehe ich alleine."

Entschlossen greift Chris sich den Rucksack, den ich mir gerade über die Schulter werfen wollte und nimmt ihn an sich. „Du bleibst hier. Ich werde gehen."

Ich lache trocken auf. „Das ist doch wohl nicht dein Ernst. Hör auf, hier den Helden zu spielen."

Mit einem großen Schritt überbrückt Chris den letzten Abstand zwischen uns und starrt auf mich hinunter. „Dasselbe könnte ich zu dir sagen. Denkst du eigentlich über deine Handlung nach? Er ruft und du springst? Wir kennen weder ihn noch den rothaarigen Deppen wirklich. Und ich lasse nicht zu, dass du dich für sie opferst."

Ich presse die Lippen aufeinander und zwinge mich, seinem bohrenden Blick standzuhalten.

„Dann komm mit", flüstere ich. „Komm mit und hilf mir."

Für einen kurzen Moment schließt Chris die Augen. Eine steile Falte hat sich auf seiner Stirn gebildet. Als er mich wieder ansieht, sind seine blauen Augen so trüb wie ein Gewitterhimmel. „Da draußen tust du, was ich sage. Hast du verstanden? Kein Alleingang. Keine Emanzenshow. Du folgst mir und hörst auf mich."

„Emanzenshow", wiederhole ich amüsiert und nicke schließlich. „Ich bin dein Schoßhündchen bis du mir gestattest zum Werwolf zu mutieren."

Kleine Grübchen erscheinen in seinen Mundwinkeln. „Dann komm, Pfiffi. Es geht los."

Den Bunker und die Tiefgarage zu verlassen gleicht einer Erlösung. An der frischen Luft und in der Sonne fühle ich mich wie befreit und atme die warme Frühlingsbrise tief ein.

Hier und da sehe ich die ersten zarten Blümchen sprießen. Es könnte fast idyllisch wirken, wären da nicht die Untoten, die uns gleich nach Verlassen des Parkhauses ins Visier genommen haben.

Chris greift nach meiner Hand und zieht mich hinter sich her den Berg rauf. „Wir sollten Kämpfe vermeiden, wenn es geht."

77

Ich lache leise. „Und das von dir? Du warst doch derjenige, der die Regel immer wieder missachtet hat und teilweise sogar noch einmal umgekehrt ist, um die Infizierten zu erledigen."

Er bedenkt mich mit einem ernsten Blick. „Das war aber auch eine ganze andere Situation. Wir hatten den Wagen in unserer Nähe und immer die Überhand. Wir waren mitten im Wald, wo ein oder zwei von denen aufgetaucht sind. Hier kann ich nicht einschätzen, wie viele von ihnen noch hinter den Häusern versteckt sein könnten. Wir sollten uns lieber nicht zu sicher sein."

Ich werfe einen Blick zurück zu den drei Untoten, die uns mit staksigen Schritten verfolgen.

„Dann sollten wir lieber etwas schneller laufen und sie abschütteln", schlage ich vor.

Schon nach kurzer Zeit schmerzen meine Oberschenkel. Da wir längere Strecken bisher immer im Auto zurückgelegt haben und ich höchstens mal im Park gejoggt bin, strengt mich das Bergauflaufen mehr an, als ich gedacht hätte.

Wenn Chris mich nicht immer noch festhalten würde, wäre ich schon längst hinter ihm zurückgeblieben. Dass ihn das ungewohnte Laufen auch anstrengt, bemerke ich erst, als wir schon oben angekommen sind und ich die hektischen, roten Flecken in seinem Gesicht sehe.

Er bleibt stehen und ich folge seinem Blick hinüber zum Schloss. Ganz kurz kommt mir der Gedanke an die anderen. Was sie jetzt wohl machen?

Wie es ihnen nach Helens Tod geht und auch, ob sie uns wohl verzeihen würden? Wenn wir jetzt an das Tor klopfen würden, würden sie uns wieder hereinlassen?

Ich sehe zu Chris hinüber und überlege, ob er wohl dasselbe denkt. Doch dann gibt er sich einen Ruck und zieht mich weiter, am Schloss vorbei.

KAPITEL 7

RAIK

K eine Ahnung, was passiert wäre, wenn wir nicht im letzten Moment in diese Gartenhütte hätten flüchten können. Nun trennen uns von den Untoten zumindest ein dünner Holzverschlag und mehrere Säcke Blumenerde. Auf einem dieser Stapel sitzt Paddy und flucht seit mehreren Minuten vor sich hin.

„Weißt du, wie schwer es war, eine Brille in meiner Sehstärke zu finden, die nicht lächerlich aussieht? Das war ein Unikat, Alter. So eine finde ich nie wieder."

Ich habe längst aufgegeben, ihn zu beruhigen. Stattdessen starre ich durch eine Ritze zwischen zwei Holzbrettern und versuche abzuschätzen, wie viele Infizierte uns wohl mittlerweile eingekreist haben. Ihre Hände donnern an das morsche Holz, mit den Fingernägeln kratzen sie über die Wände.

„Wie lange muss ich wohl warten, bis ich wieder einem Kerl begegne, der Modegeschmack hatte und genauso blind war wie ich?", jammert Paddy weiter.

„In ein paar Minuten brauchst du vielleicht auch nie wieder eine Brille", murmele ich und wende mich von der Wand ab, um mich in der kleinen Hütte umzuschauen. Geeignete Waffen gibt es hier genug. Schaufeln, Mistgabeln, Harken. Nur leider nichts, mit dem man zwanzig bis dreißig Untote auf einen Schlag erledigen könnte.

„Ich weiß nicht, ob es so eine gute Idee war, Hülya anzurufen", meine ich und nehme eine Mistgabel zur Hand, um sie abzuwiegen.

Paddy seufzt. „Ich hab's dir doch eben schon erklärt. Ich weiß, dass ich super bin. Aber du scheinst mich zu überschätzen. Gegen so viele komme nicht einmal ich an. Wir zwei alleine haben keine Chance gegen die ganze Meute."

„Aber selbst, wenn sie uns zur Hilfe kommen", gebe ich zu bedenken und ignoriere seine Selbstbeweihräucherung, „zu viert gegen dreißig? Das ist nicht zu schaffen. Ich frage mich sowieso, warum so viele von denen hier herumlaufen."

„Vielleicht ist Mila in der Nähe", mutmaßt Paddy.

„Und wenn sie es wäre, würde sie nichts gegen die Viecher unternehmen?"

Er nickt. „Ja, vermutlich. Aber du hast recht. Es ist seltsam, dass sie in einer so großen Horde auftreten. Vor allem hier oben am Friedhof. Was suchen sie hier? Hier gibt es nichts zu fressen. Ich glaube kaum, dass sie jetzt auch noch Aasfresser geworden sind."

„Schön wär's", erwidere ich und als ein besonders heftiger Schlag die Hütte trifft, werfe ich Paddy eine Spitzhacke zu. „Damit können wir sie zumindest ein wenig auf Abstand halten."

„Und ich habe noch die hier", erinnert mich Paddy und klopft auf die Pistole, die an seinem Gürtel hängt.

Als das Handy klingelt, ziehe ich es aus meiner Jackentasche heraus und hebe ab. „Hülya?"

„Ja", höre ich ihre Stimme. Sie spricht so leise, dass ich sie über das Wüten der Infizierten kaum verstehen kann. „Wir sind jetzt auf dem Friedhof. Wo seid ihr?"

Ich zögere kurz. Noch ist es nicht zu spät. Noch können sie und Chris wieder umkehren. Doch Paddy ist schon aufgestanden und nimmt mir das Handy ab. „Wir sind in dem Holzschuppen am hinteren Ende des Friedhofs. Bei den großen Pappeln. Ihr müsst dem Kiesweg nur geradeaus folgen. Keine Sorge, ihr könnt uns nicht übersehen. Wir sind die zwei Typen im Auge des Sturms."

Er legt auf und grinst. „Sie fand's witzig. Ich glaube, sie steht auf mich."

Ich verdrehe die Augen, bevor ich einen besorgten Blick durch den Ritz im Holz nach draußen werfe. „Und ich glaube, du stehst selbst auf dich."

„Eine gesunde Portion Selbstliebe hat noch niemandem geschadet", erwidert Paddy und lässt sich wieder auf die Säcke sinken.

Dann erblicke ich Chris hinter einem der Pappelbäume. Gleich neben ihm steht Hülya, den Blick entschlossen auf die Hütte gerichtet. Ich schließe kurz die Augen. Wenn ich gläubig wäre, würde ich jetzt beten, dass alles gut geht. Da ich es aber nicht bin, muss ich selbst dafür sorgen.

Dann kommt mir eine Idee. Ich trete einen Schritt von der Wand zurück und untersuche das Holz genauer. „Ruf Hülya an", fordere ich Paddy auf und hoffe, dass sie ihr Handy stumm geschaltet hat. „Sag ihr, wir lenken die Infizierten ab. Sie sollen sich langsam vorarbeiten und wenn nötig wieder in Deckung gehen."

„Und du glaubst, das bringt was?", fragt Paddy skeptisch, wählt aber schon ihre Nummer.

„Ja", antworte ich, „weil wir die Biester von hier drinnen erledigen." Dann habe ich endlich gefunden, was ich gesucht habe. An der Vorderseite der Hütte, knapp über dem obersten Sack, die wir bis auf Brusthöhe auf eine Schubkarre gestapelt haben, klafft ein Astloch im Holz. Mein Zeigefinger würde gerade so hindurchpassen. Also auch eine Kugel.

„Gib mir die Pistole", sage ich und strecke die Hand aus. Ausnahmsweise hakt er nicht nach, sondern folgt meiner Anweisung, während er sich das Handy ans Ohr hält.

„Hi Hübsche", trällert er hinein, „sag deinem Freund, er soll immer schön hinter den Infizierten bleiben. Erledigt sie aus dem Hinterhalt. Wir lenken sie ab."

Ich positioniere den Lauf der Pistole vor dem Astloch und stütze die Hände auf dem Sack ab. Stumm zeigt Paddy mir, wie ich die Waffe entsichern kann, dann visiere ich den Kopf eines Infizierten vor der Tür an und drücke ab. Es ist erstaunlich. Obwohl die Waffe keinen Ton von sich gibt, trifft die Kugel ihr Ziel, wenn auch gerade noch so, und der Untote geht in die Knie. Ich fühle mich fast wie in einem Stummfilm, wären da nicht die stöhnenden Laute der Infizierten um uns herum.

„Guter Schuss", lobt Paddy, der das Ganze durch einen schmalen Riss im Holz beobachtet hat. „Das nächste Mal aber ein bisschen mehr zwischen die Augen, sonst verlieren sie nur ein Ohr."

Ich nehme bereits den nächsten ins Visier, dessen Kiefer splittert, als die Kugel ihn trifft.

„Zwischen die Augen", murrt Paddy und deutet auf seine Stirn. „Zwischen die Augen hatte ich gesagt."

„Meine Güte", knurre ich, „halt die Klappe. Das sind keine Zielscheiben, okay? Die bewegen sich."

Er verdreht genervt die Augen und nimmt mir die Waffe ab. „Lass mal den Profi ran." Er stellt sich in Position, kneift ein Auge zu und feuert die Kugel ab. Und tatsächlich trifft sie den Untoten direkt ins Auge.

Ich presse die Lippen aufeinander und ziehe die Augenbrauen hoch, als er mich grinsend ansieht. „Zehn Jahre Ego-Shooter-Erfahrung kann halt niemand toppen."

Während er weiter schießt, gehe ich an die andere linksgelegene Wand und schaue, wo Chris und Hülya sich gerade befinden. Ich sehe, wie eine Infizierte zu Boden geht und Chris über ihren Körper hinwegsteigt, um sich an den nächsten heranzuschleichen.

Dann entdecke ich Hülya, die sich lautlos auf einen Kerl zubewegt, der mindestens zwei Köpfe größer ist, als sie. Kann sie sich nicht einen kleineren Gegner suchen? Wenigstens einen auf Augenhöhe.

Es macht mich wahnsinnig, dass ich hier drinnen festsitze, ohne ihr wirklich helfen zu können. Auch Chris bemerkt nun, dass sie größenwahnsinnig geworden ist. Seine Augen weiten sich vor Schreck und nachdem er den Infizierten vor sich zur Strecke gebracht hat, läuft er ihr nach. Dabei übersieht er einen Jungen im Alter von etwa zehn Jahren, der ihm den Kopf zugewandt hat. Mit einem Ruck dreht sich der Junge ganz zu Chris herum und setzt zur Verfolgung an. Panisch beobachte ich die Szene und weiß mir nicht anders zu helfen, als gegen die Bretterwand zu hämmern. „Hinter dir!", brülle ich durch das Holz. „Hinter dir, Chris!"

Erschrocken wendet er sich um und entdeckt endlich den nicht annähernd ausgewachsenen Jungen, der sich erstaunlich flink bewegt. Ich sehe, dass Chris kurz zögert, dann sticht er mit dem Messer zu.

Als er sich von der Leiche abwendet, schließt er die Augen und fährt mit einer Hand ein Kreuz auf seiner Brust nach. Im Gegensatz zu mir scheint er also durchaus an Gott zu glauben.

Den riesigen Infizierten, den Hülya im Blick hatte, habe ich mit meiner Trommelaktion zum Glück auch abgelenkt. Leider hat er es nun mit aller Gewalt auf den kleinen Bretterverschlag abgesehen. Als eine Holzlatte neben mir zersplittert und die Hand des Infizierten suchend in die Luft neben meinem Ohr greift, weiche ich bis zur gegenüberliegenden Wand zurück.

Paddy schaut erschrocken auf. „Scheiße!" Dann zielt er mit dem Lauf der Pistole auf den Arm des Infizierten und drückt ab. Die Kugel durchschlägt die Hand des Untoten und zischt weiter in dessen Brust. Das bedeutet zwar nicht seinen Tod, aber immerhin bringt es ihn kurz aus dem Gleichgewicht. Im nächsten Moment verschwindet er aus meinem Sichtfeld und Hülyas grinsendes Gesicht taucht vor mir auf. Sie winkt mir mit einem blutigen Messer in der Hand zu und huscht weg, bevor der nächste Infizierte nach ihr greifen kann.

„Heiße Braut", stellt Paddy fest und bezieht wieder vor dem kleinen Astloch Position, um auf die Infizierten zu zielen. Doch bereits nach drei Schüssen gibt die Waffe in seiner Hand nur noch ein leises Klicken von sich.

„Was ist?", frage ich, obwohl ich die Antwort bereits ahne.

Paddy brummt missgelaunt und schiebt die Pistole zurück in seinen Gürtel. „Munition leer." Er greift nach der Spitzhacke, die neben ihm liegt und nickt in Richtung der Wand, an der die Gartenwerkzeuge hängen. „Such dir was Hübsches aus. Jetzt lassen wir es so richtig krachen."

KAPITEL 8
HÜLYA

Neben mir erledigt Chris einen Infizierten nach dem anderen. Wie im Akkord sticht er auf sie ein und steigt über ihre Leichen. Währenddessen versuche ich, ihm den Rücken zu freizuhalten. Es ärgert mich, dass er mir nicht mehr zuzutrauen scheint. Immerhin war ich diejenige, die ihn überhaupt erst zu dieser Sache überredet hat. Aber ich halte mich an unsere Abmachung und bleibe in seinem Schatten.

Nach und nach arbeiten wir uns um den Schuppen herum. Seltsamerweise spüre ich kaum Angst. Das Adrenalin in meinen Adern scheint alle Gefühle außer der Aufregung auszublenden.

Durch das Loch, das der Infizierte in die Hüttenwand geschlagen hat, sehe ich, wie Raik sich mit einer Art Harke mit drei spitzen Zacken bewaffnet. So ein Teil hat meine Oma damals benutzt, um die Erde in ihrem Beet aufzulockern und Unkraut herauszuziehen. Ich will mir gar nicht vorstellen, wie gut es geeignet ist, um Infizierte statt Unkraut aus dem Weg zu räumen.

Obwohl inzwischen die meisten Untoten erledigt sind, wird die Situation für Chris und mich brenzliger, denn diejenigen, die noch übrig sind, haben uns nun bemerkt und lassen von dem Schuppen ab. Mit ruckartigen Bewegungen und begleitet von gequälten Stöhnlauten wenden sie sich uns zu.

Vor einigen Jahren habe ich mal einen Horrorfilm gesehen, in dem die Geister der Toten heraufbeschworen wurden und sich auf die Lebenden gestürzt haben. Sie haben sich ganz ähnlich bewegt. Und während meine Freundinnen sich unter ihren Decken versteckt haben, saß ich mit überkreuzten Beinen da und starrte wie gebannt auf den flimmernden Bildschirm.

Gruselige Dinge haben mich schon immer fasziniert. Aber den wandelnden Leichen nun so nah zu sein, hatte ich mir nie gewünscht. Als der Wind dreht und ihren Gestank zu mir herüberträgt, kommt mir fast das Sauerkraut hoch. Vorsichtshalber halte ich die Luft an.

Chris stößt beinahe mit mir zusammen, als er vor den verbliebenen fünf Infizierten zurückweicht. Jetzt, da sie ihre Beute so nah wissen, bewegen sie sich erstaunlich schnell, wenn auch immer noch ungeschickt.

„Was jetzt?", frage ich ihn und halte mein Messer einsatzbereit in beiden Händen.

„Wir locken sie vom Eingang weg, damit Raik und Paddy raus können", erklärt er und wagt einen kurzen Blick über seine Schulter. Schnelles Rückwärtslaufen haben wir in den letzten Jahren ausreichend geübt. Doch hier erschweren Grabsteine, Vasen und kitschige Dekoartikel uns den Weg. Ich kicke einen Ton-Engel beiseite, bevor Chris darüber stolpern kann. Inzwischen hat auch der letzte Infizierte die Hütte verlassen und folgt uns wie ein tollwütiger Hund.

„Die Luft ist rein!", rufe ich über unsere Angreifer hinweg und die Schuppentür öffnet sich augenblicklich.

Meine Schuhe sinken in die weiche Erde eines Grabes ein und ich habe Mühe, nicht das Gleichgewicht zu verlieren.

Chris verlangsamt sein Tempo, sodass der erste Infizierte zu ihm aufschließt, dann tritt er ihm die Beine weg, kniet sich auf seinen Brustkorb und sticht ihm das Messer ins Auge.

Mit Schrecken stelle ich fest, dass sich hinter dem Schuppen und in den Sträuchern um uns herum wohl doch noch weitere Untote versteckt gehalten haben. Einer von ihnen wankt so plötzlich aus einem Busch heraus, dass ich instinktiv das Messer hochreiße und es ihm von unten in den Kiefer jage. Er gibt ein gurgelndes Geräusch von sich und sackt in sich zusammen. Ich gehe in die Knie und rucke an meinem Messer, doch es steckt so fest in seinem Schädel, dass ich es nicht wieder herausbekomme.

Der nächste Infizierte war vermutlich mal eine Frau, wenn man nach den verbliebenen Rastalocken und dem Blumenohrring in ihrem linken Ohr geht. So genau ist das allerdings nicht mehr zu erkennen, weil sie in ein Feuer geraten zu sein scheint. Die schwarz verkohlte Haut blättert an einigen Stellen ab und darunter ragen weiße Knochen hervor. Das Gehirn der Untoten scheint aber noch in Takt zu sein, denn sie humpelt unbeirrt auf mich zu.

„Chris", rufe ich, doch er ist schon mit dem nächsten Angreifer, einem dicken Typ in Unterwäsche beschäftigt. Leise fluchend springe ich auf und lasse das Messer stecken. Mit der linken Wade stoße ich gegen die Kante eines Grabsteins und schürfe mir daran die Haut auf.

„Autsch!" Zischend ziehe ich die Luft ein, habe aber keine Zeit, mich weiter um den Schmerz zu kümmern, weil die verkohlte Frau plötzlich einknickt. Ihr linker Fuß biegt sich unnatürlich weit nach innen und ihr Knöchel gibt ein knackendes Geräusch von sich. Im Fallen streckt sie die Hände nach mir aus und bekommt mein Bein zu fassen. Dann reißt sie mich mit sich zu Boden.

Ich kann mich noch am Grabstein festhalten und ziehe mich sofort wieder daran hoch, doch ihr Gesicht und somit ihr weit aufgerissener Mund nähern sich bedrohlich meinem Schienbein. Verzweifelt strampele ich mit den Füßen, kicke sie mehrmals in den Brustkorb, doch das scheint sie nicht einmal zu bemerken. Also lasse ich den Grabstein los, umfasse das Messer fest mit einer Hand und reiße es mit einem Ruck aus dem Kiefer der Leiche neben mir. Dann steche ich damit auf ihr Gesicht ein. Doch in meiner Panik lande ich keinen tödlichen Treffer. An mehreren Stellen ist ihre Haut nun aufgeritzt. Durch einen tiefen Schnitt in der Wange sehe ich kurz ihre Zähne aufblitzen.

„Scheiße!", fluche ich und trete noch einmal zu. Ihr Unterkiefer knackt, als ich mit der Sohle darauf treffe. Doch ihre einzige Reaktion ist ein tiefes Knurren und ein noch festerer Griff in meine Hose.

Knapp verfehlen ihre Zähne mein Bein, als ich mich herumdrehe und versuche, auf die Füße zu kommen. Ich grabe die Finger in die Erde und ziehe mich voran, trete gleichzeitig immer wieder ihr Gesicht von mir weg. Allmählich verspannen sich meine Muskeln. Auch das Adrenalin in meinen Adern kann mich nicht mehr zu Höchstleistung motivieren.

„Chris!", schnaufe ich. Von meiner Position am Boden aus kann ich ihn nicht sehen. Die Grabsteine verdecken mir die Sicht.

Als ein paar schlammbespritzte Schuhe vor mir auftauchen, keuche ich erschrocken auf und vergesse für einen Moment weiter zu strampeln. Mein Blick gleitet nach oben in ein finster dreinschauendes Gesicht.

Raik hält das gezackte Gartenwerkzeug hoch erhoben. Aus fast schwarzen Augen starrt er auf mich herunter, dann lässt er die Harke hinabsausen.

Erschrocken schließe ich die Augen und spüre im nächsten Moment etwas Schweres auf meine Beine sacken. Als ich die Augen wieder öffne und nach hinten schaue, stecken die drei Zacken der Harke im Kopf der Infizierten. Die schwarz verbrannte Leiche liegt schlaff auf meinen Waden. Etwas Blut sickert aus den Wunden an ihrem Kopf hinab auf meine Hose. Schnell ziehe ich mich unter ihr zurück und nehme Raiks Hand, als er sie mir anbietet. Dann schaue ich mich suchend nach Chris um. Er erledigt gerade den letzten verbliebenen Untoten, bevor sein Blick genauso suchend durch die Gegend schweift. Als sich unsere Augen treffen, lächeln wir beide erleichtert.

„Wow", höre ich Paddys Stimme neben mir. Erst jetzt fällt mir auf, dass er dort steht. „Was ein Massaker."

Ich stimme ihm stumm zu, als mein Blick über die vielen Leichen gleitet und zum ersten Mal seit wir hier sind, macht sich so etwas wie Hysterie in mir breit. Wie zum Teufel haben wir das geschafft?

Das heißt, wie zum Teufel haben die Jungs das geschafft? Da ich ja leider keine allzu große Hilfe war. Ein Zittern geht durch meinen Körper. Aber es ist mehr der Ekel, der mich schaudern lässt, als die Angst vor dem, was hätte passieren können.

Aus dem Augenwinkel sehe ich Raiks Schatten. Und ich merke, wie sich sein Brustkorb hebt und senkt, höre seinen fast keuchenden Atem. Hat er Schmerzen? Fragend sehe ich ihn an, doch er beachtet mich gar nicht, starrt stattdessen auf die verbrannte Infizierte zu meinen Füßen.

„Alles in Ordnung?", frage ich ihn, als er das Gartenwerkzeug fallen lässt und in die Knie geht. „Hast du wieder Schmerzen?"

Langsam streckt er eine Hand aus, berührt fast die verschmorte Haut der Toten. Dann zieht er sie wieder zurück und stößt einen erstickten Laut aus.

Hilfesuchend schaue ich zu Chris und Paddy, doch sie stehen beide genauso irritiert da, wie ich.

Paddy schüttelt den Kopf. „Hast du jetzt einen Nervenzusammenbruch, oder was?"

Ich bedenke ihn mit einem finsteren Blick. „Wie einfühlsam."

Er zuckt mit den Schultern und steckt die Hände in die Taschen. „Dann mach du doch was."

Zögernd nähere ich mich Raik und gehe neben ihm in die Hocke. Dann gebe ich den anderen beiden Jungs zu verstehen, sich außer Hörweite zu verziehen.

„Hey", setze ich leise an und berühre ihn sanft an der bebenden Schulter. „Was ist los?"

Raik wendet sich von mir ab, versteckt sein Gesicht vor mir, doch ich weiß auch so, dass er weint.

Erst nach einigen Minuten schafft er es, mich anzusehen. Seine Augen glänzen.

„Sibby", sagt er leise. „Das da ist Sibby."

„Die Frau, mit der du im Baumhaus gelebt hast?", wiederhole ich erschrocken und schaue kurz noch einmal zu der Leiche.

Er nickt und reibt sich mit zwei Fingern über Stirn und Augen. „Ich hab sie zuerst nicht erkannt. Aber das ist einer ihrer Ohrringe. Und die Haare. Ich…“, er atmet schwerfällig ein, „das ist sie.“

Ich schließe die Augen, rücke ein Stück näher an ihn heran und presse meine Stirn gegen seine. „Nein“, antworte ich, „das ist sie nicht.“

Er weicht vor mir zurück und runzelt die Stirn. „Ich erkenne sie. Das ist sie.“

Ich schüttele den Kopf und deute auf die verkohlte Leiche. „Das ist nur ein Körper. Eine Hülle. Es ist nicht Sibby, die du getötet hast. Sie war schon lange tot.“

Sein Atem geht schwer und seine Hände verkrampfen sich in der aufgewühlten Friedhofserde. Als ich ihm noch einmal die Hand auf den Rücken lege, stößt er mich so grob zur Seite, dass ich gegen den Grabstein hinter mir pralle. Ich presse die Lippen aufeinander, um mir meinen Schmerz nicht anmerken zu lassen.

„Ich hätte bei ihr sein müssen“, knurrt er so tief, dass ich seine Stimme kaum wiedererkenne. „Ich hätte sie nicht alleine lassen dürfen.“ Sein Blick trifft meinen und ich ziehe erschrocken die Luft ein. Seine Augen sind so schwarz, dass es aussieht, als bestünden sie nur aus zwei schwarzen Löchern.

„Raik, was…“, setze ich an, doch plötzlich schließen sich seine Hände um meinen Hals und er presst meinen Körper in die kalte Erde. Entsetzt versuche ich nach Luft zu schnappen, starre ihn aus großen Augen an. Seine Finger bohren sich in meinen Nacken und der Druck an meinem Hals wird so groß, dass meine Atemversuche kläglich scheitern.

Panik macht sich in mir breit. Ich will auf ihn einreden, will ihn anflehen, mich loszulassen, doch bis auf ein heißeres Krächzen entkommt kein Laut meiner Kehle. Sein Gesicht ist hassverzerrt.

„Menschenbrut", knurrt er so leise, dass ich es durch das Rauschen des Bluts in meinen Ohren kaum höre. Das Wort ergibt keinen Sinn. Vielleicht habe ich mich auch verhört. Allmählich wird mir schwarz vor Augen. Kleine Sterne blitzen auf, das Rauschen wird zu einem steten, lauten Pochen. Mein Herzschlag, der sich immer weiter verlangsamt.

Durch den aufkommenden Nebel dringen nur noch gemurmelte Worte zu mir durch. Schatten huschen durch den milchigen Brei vor meinen Augen. Dann fühle ich mich leicht. Als hätte jemand eine schwere Last von mir genommen. Aber der Zustand hält nur wenige Sekunden an, dann folgt Schmerz.

Würgend und hustend greife ich mir an den Hals, taste nach Raiks Händen, die dort nicht mehr liegen. Ich drehe mich zur Seite und spüre den Drang mich zu übergeben. Doch außer ein paar röchelnden Lauten kommt nichts heraus.

Das Rauschen kehrt zurück, diesmal begleitet von einem Pfeifton, wie die Bremsen eines einfahrenden Zuges. Dann lösen sich einzelne Satzfetzen aus dem Strudel, der mich umgibt.

„…atmen? ….Paddy ... Arschloch, hier weg!"

Chris. Es ist Chris. Erleichtert lasse ich mich zurück auf den feuchten Boden sinken und blinzele gegen das Licht an. Ein Schatten schiebt sich vor die Sonne. Blaue Augen. Geschwungene Lippen, die Entschuldigungen herunterrattern. Selbstvorwürfe. Sorgen.

Doch ich bringe nichts anderes zustande als ein hysterisches, krächzendes Kichern.

Fast tot. Ich war fast tot.

Was folgt, ist eine nicht enden wollende Diskussion zwischen Paddy und Chris. Mein bester Freund rastet fast aus. Immer wieder muss Paddy ihn davon abhalten, auf Raik, der inzwischen wieder zu sich gekommen zu sein scheint, loszugehen.

Und Raik steht einfach nur da, erwartet die Tracht Prügel in stillem Einvernehmen. Ich sitze etwas abseits auf einem Grabstein und reibe immer wieder über meinen Hals, als könnte ich so den Druck loswerden, der immer noch auf mir zu lasten scheint.

„Er wollte sie umbringen!", presst Chris zwischen zusammengebissenen Zähnen hervor. „Also, wenn du ihn jetzt nicht um die Ecke bringst, tue ich das."

Paddy seufzt erschöpft und reibt sich mit einer Hand über das Gesicht. Offensichtlich hat er seine Brille verloren, weshalb er Chris aus kleinen Augen ansieht. „Das ist nicht nötig."

„Nicht nötig?", ruft Chris empört, bis ihm einfällt, wo wir uns gerade befinden und dass nicht ganz klar ist, ob wir auch wirklich schon alle Infizierten in der Nähe beseitigt haben. „Nicht nötig?", wiederholt er etwas leiser. „Der Kerl ist ein Mörder. Ich wusste es. Ich wusste es von Anfang an." Dann richtet er sich direkt an Raik, der etwas abwesend dasteht. Seit er versucht hat, mich umzubringen, hat er mich kein einziges Mal mehr angesehen. Trotzdem habe ich bemerkt, dass seine Augen nun wieder die normale braune Farbe angenommen haben.

„Du hast auch Helen umgebracht, stimmt's?", flüstert Chris gerade laut genug, dass ich es noch hören kann. Ich schließe kurz die Augen und verdränge den Gedanken an Helens Leiche im dunklen Wasser.

Als Paddy den Mund öffnet, bringt Chris ihn mit einer harschen Handbewegung zum Schweigen und streckt das Kinn vor. „Er soll antworten. Das ist er uns schuldig."

Mein Blick ruht solange auf Raik, bis er mich endlich ansieht. Doch ich kann ihm nicht standhalten, spüre sofort wieder seine Hände an meinem Hals. Also schaue ich schnell weg und halte die Luft an, als seine Stimme erklingt.

„Ich weiß es nicht."

Chris schnaubt. „Was soll das heißen, du weißt es nicht? Hast du den Überblick verloren? Bist du ein verdammter Serienkiller?"

Raik klingt nun fast verzweifelt. „Ich weiß es einfach nicht, okay? Ich kann mich nicht daran erinnern. Ich kann mich ja nicht einmal daran erinnern, wie das da gerade passiert ist", sagt er und ich spüre plötzlich alle Blick auf mir ruhen.

Bevor Chris mit einem wütenden Brummen auf Raik losgehen kann, stellt sich Paddy ihm in den Weg und verpasst ihm einen Kinnhaken, der ihn mehr überrascht als verletzt zurücktaumeln lässt.

„Du verteidigst den Mörder?", fragt Chris und klingt angewidert. Ein kleiner Tropfen Blut quillt an der Stelle aus seiner Lippe, an der Paddys Faust ihn getroffen hat.

„Ich verteidige Raik, ja", erwidert Paddy, dann fügt er erklärend hinzu. „Zumindest das, was von ihm übrig ist."

KAPITEL 9

RAIK

Meine Muskeln sind zum Zerreißen gespannt. Ich bin fluchtbereit. Ich sollte gehen. Das wäre für alle besser so. Doch, als ich gerade einen Schritt zurücksetze, greift Paddy nach meinem Arm und sieht mich aus schmal zusammengekniffenen Augen an. „Du bleibst schön hier."

„Was meinst du damit?", kommt Chris auf seinen letzten Satz zu sprechen. „Was von ihm übrig ist?"

Als Hülya den Kopf hebt und mich endlich wieder ansieht, sehe ich Erkenntnis in ihren Augen aufblitzen. Und Angst. Angst vor mir.

„Es ist in ihm, richtig?", fragt sie leise, denn mehr bringt sie nicht mehr zustande. Ihre Stimmbänder sind angegriffen, wurden beinahe zerquetscht. Von mir. Von meinen verfluchten Händen.

Chris starrt erst sie sehr lange an und dann mich. Bis auch ihm die Wahrheit bewusst wird.

„Er ist besessen?"

Paddy seufzt und nickt. „Verdammt. Ja. Eigentlich wollte ich es schonender rüber bringen. Ihm. Euch. Dem Arschloch, das in ihm steckt."

Mein Atem geht flach. Paddys Hand krallt sich immer noch wie eine Schraubzwinge um meinen Arm.

Chris greift sich mit beiden Händen in die blonden Haare und zerrt daran, als wollte er sie ausreißen. „Herrgott nochmal! Du lässt uns mit einem Alien herumspazieren? Hast du den Verstand verloren?"

„Scht!", warnt Paddy ihn. „Nicht so laut."

Chris lacht zynisch auf. „Ich denke, die Infizierten sind im Moment unser kleinstes Problem. Was hast du jetzt mit ihm vor? Exorzismus?"

Es ist seltsam, wie sie alle über mich sprechen, als wäre ich nicht da. Aber ich bin kaum zu etwas anderem in der Lage, als stumm zuzuschauen. Sibbys Leiche, Hülyas durch mich verwundeter Hals, das alles ist mir noch viel zu nah. Ich muss hier weg, sonst werde ich noch wahnsinnig. Wenn ich das nicht schon längst bin.

„So etwas ähnliches", gesteht Paddy, „aber dafür brauchen wir Mila. Ohne sie können wir nichts machen. Der einzige Weg, ihn von dem Schattenwesen zu befreien, wäre ihn zu töten."

„Prima", erwidert Chris und zieht sein Messer hervor. „Ich bin eh gerade in der Stimmung."

Überraschenderweise ist es ausgerechnet Hülya, die aufspringt und ihm eine Hand auf den Unterarm legt. „Chris, nein."

Er sieht sie mindestens genauso überrascht an, wie ich. „Er wollte dich erwürgen, Hülya. Wenn wir ihn am Leben lassen, wird er es vermutlich noch einmal tun."

Paddy schnalzt mit der Zunge. „Denk doch mal nach. Wenn wir Raik töten, sucht der Alien sich sofort den nächsten Wirt. Das wird einer von uns Dreien sein. Und was dann geschieht, kannst du dir ausrechnen. Vielleicht hast du Glück und er erwischt mich. Aber was dann? Dann murkst du mich ab und er sucht sich Hülya aus. Würdest du sie auch töten? Oder er wählt dich. So oder so wären wir alle tot."

Chris sieht mir über Paddys Schulter hinweg in die Augen. Ich kann es hinter seiner Stirn regelrecht arbeiten sehen. Die Wut und der Hass sind immer noch in seinen Augen zu sehen. Sein Brustkorb hebt und senkt sich und er hält das Messer immer noch fest umklammert. Doch schließlich schaut er wieder zu Hülya hinunter und auf ihre Hand, die auf seinem Arm ruht. Und allmählich scheint er sich zu beruhigen.

Es schmerzt mich, zu sehen, wie liebevoll sie ihn betrachtet. Während mir dieser Blick wohl niemals mehr vergönnt sein wird. In mir wird sie nie mehr sehen, als ihren Mörder. Selbst, wenn dieses Ding, das versucht, mich zu übernehmen, meinen Körper irgendwann verlassen sollte, wird sie mich nie wieder an sich heran lassen.

Schnell wende ich den Blick von den beiden ab und schlucke den Knoten in meinem Hals hinunter.

„Also, was jetzt?", fragt Chris nun betont ruhig. „Lassen wir ihn einfach laufen? Damit er die nächsten Menschen um die Ecke bringen kann? Ist ja nicht so, als hätte die Menschheit mit den Infizierten schon genug Probleme."

Paddy schüttelt den Kopf. „Nein, wir lassen ihn nicht laufen. Er kommt mit uns mit."

Chris lacht rau auf und nimmt schützend Hülyas Hand. „Ist das dein Ernst? Wir werden nie wieder schlafen können. Man kann ihn doch keine Sekunde aus den Augen lassen."

„Wir wechseln uns ab", erklärt Paddy. „Und solange wir ihn gut beobachten, wird es kein Problem sein. Wenn du dich besser fühlst, können wir ihn fesseln."

Endlich schaffe ich es, mich in das Geschehen mit einzuklinken. Ich entreiße Paddy meinen Arm und ignoriere seine und Chris' angespannte Haltung.

„Ich werde euch nicht länger zur Last fallen, keine Sorge. Ich gehe zurück in den Wald. Dort bin ich weit genug von allen Menschen entfernt." Dann sehe ich Hülya fest in die Augen. „Es wird niemand mehr zu Schaden kommen."

Sie fasst sich an den Hals, an dem sich allmählich rote Flecken gebildet haben.

Paddy lächelt und sagt in ruhigem Ton: „Es tut mir leid, Raik. Aber leider kann ich auf den Wort nichts geben." Dann landet seine Faust auf meinem Auge und während ich noch stürze, verliere ich das Bewusstsein.

„Seit wann weißt du es?", Chris' Stimme klingt unangenehm laut in meinen Ohren. Meine Augen sind noch geschlossen, doch ich spüre bereits das grobe Seil an meinen Händen. Zum Glück sind sie vor meinem Körper gefesselt, sodass ich mir in meiner sitzenden Position nicht die Schultern auskugele. Erst jetzt merke ich, dass er nicht mich gemeint hat.

„Ich wusste es schon, bevor ihr in den Bunker gekommen seid. Was ich nicht wusste war, dass er euch als Anhang mitbringt."

Neben meinem Ohr raschelt etwas. Eine Decke. Dann erklingt Hülyas leise Stimme. „War er der Alien, dem ihr die Falle gestellt hattet?"

„Ja." Paddys Antwort ist so knapp wie ehrlich.

Endlich schaffe ich es, die Augen zu öffnen. Sofort ist Chris wachsam und greift an seinen Gürtel.

„Chris", beruhigt Hülya ihn, „er ist gefesselt."

„Was weiß ich, was für Tricks diese Viecher draufhaben", lautet seine geknurrte Antwort.

Paddy schüttelt den Kopf. „Solange er in Raiks Körper ist, kann er auch nur dessen Fähigkeiten nutzen. Der einzige Vorteil, den Raik durch den Alien hat, ist seine schnelle Heilungskraft."

Hülya räuspert sich und verzieht das Gesicht, weil es ihr offensichtlich Schmerzen bereitet. „Es war trotzdem nicht nötig, noch dreimal auf ihn einzutreten, als er am Boden lag." Dieser Satz gilt wohl Chris, denn der verschränkt die Arme vor der Brust und schnaubt leise. „Und meiner Meinung nach hätte er noch mehr verdient."

Langsam reicht es mir, dass sie mich behandeln, als würde ich mich nicht im selben Raum aufhalten. Ich setze mich aufrechter hin und schaue mich um. Wir scheinen nicht zurück im Bunker zu sein. Denn wir befinden uns in einem geräumigen Wohnzimmer. Die Vorhänge sind zugezogen, aber ein paar Kerzen erhellen den Raum und lassen die vielen Bücher in den Regalen in ihrem Lichtschein flackern.

Ich sitze auf dem Boden neben einer schwarzen Ledercouch. Das Seil, mit dem meine Hände aneinandergefesselt sind, ist an dem Heizkörper hinter mir befestigt.

„Wo sind wir?", frage ich und bin erleichtert, dass zumindest Paddy sich dazu herablässt, mir zu antworten.

„In einem Wohnhaus in der Nähe des Friedhofs. Wir bleiben die Nacht über hier."

„Hast du Hunger?", fragt Hülya leise und hält mir einen getrockneten Bündel Chinanudeln hin. „Wir können hier leider kein Wasser kochen, deshalb müssen wir sie so essen."

Ich kann ihr kaum in die Augen sehen. Wie schafft sie es, mich nicht zu hassen? Oder tut sie es vielleicht doch? Als ich die gefesselten Hände hochstrecke, um die Nudeln entgegenzunehmen, klirrt der Heizkörper und Hülya zuckt erschrocken zurück.

Sofort ist Chris an ihrer Seite, nimmt ihr die Nudeln ab und wirft sie mir hin.

„Ist schon gut", meint sie und sieht mich doch tatsächlich entschuldigend an. „Ich bin einfach etwas übermüdet."

Chris zieht die Augenbrauen zusammen. „Hör auf, dich vor ihm zu rechtfertigen. Ich verstehe nicht, warum du überhaupt noch mit ihm sprichst. Er ist nicht mal menschlich."

„Natürlich ist er das. Er kann doch auch nichts dafür, dass…", verteidigt sie mich und in mir zieht sich alles zusammen, als ihre Stimme mitten im Satz bricht, weil ihre Stimmbänder noch zu gereizt sind. Sie schlägt die Augen nieder und flüstert: „Er kann doch auch nichts dafür."

„Nein", ich schüttele den Kopf und reiche ihr die Nudeln zurück. „Er hat recht. Du solltest dich von mir fernhalten. Und bitte iss das hier selbst. Ich brauche nichts."

„Aber…", setzt sie an, doch Chris schiebt sie von mir weg.

„Du hast ihn gehört. Er braucht nichts. Komm mit in die Küche. Wir müssen uns ein wenig mit Paddy unterhalten."

Nachdem sie den Raum verlassen haben, rucke ich ein paar Mal vergeblich an dem Seil, mit dem sie mich gefesselt haben. Dann lasse ich den Kopf erschöpft gegen die Heizung sinken.

KAPITEL 10

HÜLYA

Die Küche ekelt mich an. Bevor ich mich zu Chris an den kleinen Küchentisch setze, wische ich ein paar tote Fliegen von der Sitzfläche des Holzstuhls. Ich versuche, so wenig wie möglich zu berühren, habe aber trotzdem das Gefühl, dass sich bereits jetzt ein juckender Ausschlag auf meiner Haut breit macht.

Obwohl wir den Kühlschrank sofort geschlossen und das Fenster gekippt haben, als wir den Raum betreten haben, scheint der Verwesungsgestank nicht weniger zu werden. Vielleicht hat er mir ja auch schon die Nase verätzt.

Angewidert betrachte ich den klebrigen Überrest von … ich habe keine Ahnung, was es mal war. Nun ist es jedenfalls ein grau-schwarz-geschimmelter Klumpen mitten auf der Eichenholzoberfläche. Schnell wende ich den Blick ab und sehe Chris an, der ebenfalls nicht allzu begeistert zu sein scheint.

Doch er konzentriert sich auf Paddy, der noch damit beschäftigt ist, die Küchenschränke zu durchwühlen.

„Ah!", ruft er begeistert und zieht eine geöffnete Packung Cornflakes aus einem davon hervor. Sein strahlendes Grinsen verwandelt sich jedoch schnell in ein enttäuschtes Schmollen, als er die Überreste in eine Schüssel kippt und mehr Fliegenlarven als Maisflocken dabei herauskommen.

„Oh mein Gott", stoße ich heiser hervor und presse mir die Hand vor den Mund, in dem Versuch, das Würgen zu unterdrücken.

Als Paddy dann auch noch anfängt, die Larven herauszupicken und in die übervolle Spüle zu werfen, schlage ich mir die Hände vor die Augen.

„Könntest du das bitte sein lassen?", höre ich Chris' leicht gereizt fragen.

„Was denn?", erwidert Paddy, „ich wette, die schmecken noch.

Ich stöhne auf. „Paddy, wenn du das isst, kotze ich dir vor die Füße."

Mit einem resignierten Seufzen pfeffert er die Schüssel samt Inhalt ebenfalls in die Spüle und lässt sich dann auf den Stuhl neben mir fallen.

„Also gut. Ich muss aber anmerken, dass ich extrem grumpelig werde, wenn ich hungrig bin."

„Das Risiko gehe ich ein", antworte ich und schlucke gegen den Halsschmerz an, der mich plagt, seit Raik auf mich losgegangen ist. Meinen Rippen geht es auch nicht gerade blendend. Allgemein fühle ich mich, als wäre ich von einem LKW überrollt worden.

„Kommen wir mal auf die Alien-Sache zurück", meint Chris und sieht Paddy ernst an. „Du wusstest also von Anfang an Bescheid und hieltst es nicht für nötig, Hülya und mich einzuweihen?"

Paddy schüttelt ungerührt den Kopf. Chris' angreifender Tonfall scheint ihn nicht zu stören. „Das Risiko, dass ihr die Sache versaut, war zu groß."

„Ah", murrt Chris, „und nun ist ja alles astrein gelaufen, nicht wahr?" Sein Blick huscht kurz zu mir herüber. Viel mehr zu meinem Hals, der inzwischen in sämtlichen Farben des Regenbogens leuchtet.

Paddy geht nicht auf die Kritik ein. „Das Problem ist; jetzt, da er weiß, was Sache ist, besteht die Gefahr, dass das Schattenwesen sich zurückzieht."

„Und das bedeutet was?", frage ich vorsichtig.

„Dass er sich einen neuen Wirt sucht."

„Na klasse", knurrt Chris. „Und warum genau wolltest du ihn nicht gehen lassen? Warum lassen wir ihn nicht wirklich in den Wald ziehen? Wenn wir Glück haben, wird er auf dem Weg dahin von einem Infizierten gefressen und das Problem löst sich von alleine."

„Chris!" Ich stoße ihn schockiert mit der Faust gegen den Oberarm. Doch ihn scheint das nicht weiter zu stören. In seinen Augen flackert die Wut.

So kenne ich ihn gar nicht. Chris ist sanftmütig. Chris bleibt immer cool. Aber Raik, oder auch das, was in Raik steckt, scheint ihn in Rage zu versetzen.

Ich schlage einen beruhigenden Tonfall an. „Gehen wir doch nochmal alle Möglichkeiten durch…"

Paddy unterbricht mich. „Es gibt keine anderen Möglichkeiten. Wir müssen ihn hier behalten. Ihn zu töten bringt nichts. Und ich werde ihn garantiert nicht laufen lassen. Wir suchen Mila und überlassen die Sache dann ihr."

„Und wer hat dir hier die Befehlsgewalt erteilt?", kontert Chris. „Warum stimmen wir nicht einfach demokratisch ab?"

Zunächst starrt Paddy ihn eine ganze Weile an, irritiert von Chris' Vorschlag, dann schlägt er so fest mit der Faust auf den Tisch, dass ich zusammenzucke. „Weil es hier keine Demokratie gibt! Das ist eine verdammte Zombie-Apokalypse ausgelöst durch Aliens. Du kannst dir deine Demokratie in den Arsch stecken!"

Kaum hat Paddy ausgesprochen, springt Chris auf. Sein Stuhl kippt hinter ihm weg und kracht zu Boden. Bevor Chris Paddy am Kragen packen kann, springe ich ebenfalls auf und halte ihn mit einer Hand vor seiner Brust zurück.

„Beruhige dich", krächze ich heiser. „Das bringt doch nichts." Und nach kurzem Zögern füge ich hinzu: „Außerdem hat er recht."

Chris schaut mich erstaunt an. „Was?"

„Er hat recht. Mit fairen Abstimmungen kommen wir nicht weit. Denn sind wir mal ehrlich. Du bist dafür, dass wir ihn umlegen. Ich bin dafür, dass wir ihn freilassen und Paddy will ihn lebend hierbe-

halten. Also sind wir wieder am Anfang. Außerdem",
ich räuspere mich kurz, weil meine Stimme versagt,
„außerdem glaube ich, dass wir uns auf Paddy verlassen sollten. Er hat viel mehr Erfahrung mit diesen
…", ich wende mich an Paddy, der mir wohlwollend
zunickt, „wie heißen die Aliens eigentlich?"

Er zuckt mit den Schultern. „Keine Ahnung. Sie
geben sich keine Namen."

Chris schnaubt. „Du widersprichst dir selbst. Ich
dachte, dein Alienfreund heißt Dante?"

„Ach, halt doch einfach die Schnauze", erwidert
Paddy gereizt.

Chris drängt gegen meine immer noch ausgestreckte Hand und Paddy schiebt sich demonstrativ
die Ärmel hoch.

„Okay, es reicht", rufe ich so laut wie möglich
und obwohl meine Stimme bricht, halten die Jungs
tatsächlich inne und schenken mir ihre Aufmerksamkeit.

„Ich habe echt Null Bock auf euer Gehabe. Ich
gehe jetzt ins Wohnzimmer und leiste Raik Gesellschaft. Denn im Moment ist sogar er mir lieber als
ihr zwei. Sprecht euch aus, prügelt euch. Tut, was
immer ihr meint, tun zu müssen. Aber kommt mir
erst wieder unter die Augen, wenn ihr die Sache
geklärt habt."

Damit verlasse ich die immer noch ekelhaft stinkende Küche und kehre ins Wohnzimmer zurück.

Es kotzt mich an, dass die beiden sich nicht wie
zwei vernünftige Menschen miteinander unterhalten

können. Ich wünschte, ich hätte Unterstützung auf meiner Seite, doch da es um Raik selbst geht, kann ich ihn wohl kaum um Hilfe bitten.

Als ich das Wohnzimmer betrete, scheint es, als würde er schlafen. Mit geschlossenen Augen lehnt er am Heizkörper, die Unterarme auf den Knien aufgestützt. Es tut mir leid, dass wir ihn fesseln mussten. Aber gleichzeitig gibt es mir ein beruhigendes Gefühl. Denn als er die Augen öffnet und mich ansieht, bin ich mir nicht sicher, ob es Raik ist, der mich ausdruckslos betrachtet, oder das Schattenwesen, das von ihm Besitz ergriffen hat.

„Wie geht es dir?", frage ich ihn und er lacht leise. Doch es klingt nicht vergnügt, eher verärgert.

„Das fragst du mich? Ich hätte dich beinahe umgebracht und du fragst mich, wie es mir geht?"

Ich zucke hilflos mit den Schultern. „Ich weiß nicht, was ich sonst sagen soll."

„Die Wahrheit." Er sieht mich so intensiv an, dass es mir schon fast unangenehm ist. Ich stehe immer noch mitten im Raum und beginne nervös an meinen Ärmeln zu knibbeln. „Und die wäre?"

„Dass du Angst vor mir hast."

Sofort schüttele ich den Kopf, obwohl er damit nicht ganz unrecht hat. Dann überwinde ich mich und setze mich auf die Couch gleich neben ihn, sodass ich auf ihn hinunterschauen kann. „Das stimmt aber nicht."

Er sieht zu mir auf und runzelt die Stirn. „Solltest du aber."

„Stimmt. Ich habe Angst. Aber nicht vor dir, sondern vor dem fremden Wesen, das dich übernehmen will. Aber jetzt im Moment spreche ich mit dir. Und du hast mir nichts getan."

Er bläst die Luft aus und starrt auf seine gefesselten Hände. „Woher willst du das wissen? Woher willst du wissen, dass nicht doch ich es war, der dich gewürgt hat?"

Ich tippe ihn an die Schulter, sodass er mich wieder ansieht. „Ich habe es in deinen Augen gesehen. Das warst nicht mehr du."

Darauf erwidert er nichts. Eine Weile schweigen wir und ich lausche auf die Geräusche aus der Küche. Immer wieder schwellen die Stimmen der beiden Jungs an, doch immerhin höre ich nichts krachen, was bedeutet, dass sie sich noch nicht an die Gurgel gehen.

Dann gleitet mein Blick ebenfalls auf Raiks Hände. „Raik", flüstere ich und er antwortet, ohne mich anzusehen: „Ja?"

„Glaubst du, dass du Helen umgebracht hast?"

Er schluckt und schweigt noch ein paar Sekunden, dann sagt er so leise, dass ich mich anstrengen muss, um ihn gegen das Gemurmel aus der Küche zu verstehen: „Ja."

„Hast du deshalb gegen deine Unschuld gestimmt?", frage ich und versuche, nicht allzu viel Wertung in meine Stimme zu legen. Ich versuche, ihm keinen Vorwurf zu machen. Wenn Helen durch seine Hände umgekommen ist, dann war es zumindest nicht sein Geist der es wollte. Er ist selbst ein Opfer. Ich wiederhole diese Worte noch ein paar Mal stumm, bis ich sie glauben kann.

„Ja", antwortet er und atmet tief aus. „Als ich sie das letzte Mal gesehen habe, da ...", er zögert, reibt sich mit den Händen über das Gesicht, bevor er fortfährt, „ich kann mich noch erinnern, dass ich ihr gedroht habe. Ich war sehr grob zu ihr. Aber ich dachte, ich hätte sie daraufhin stehenlassen. An die Minuten danach kann ich mich nicht erinnern."

„Also weißt du wirklich nicht, ob du es getan hast. Es kann immer noch sein..."

„Nein, ich bin mir sicher, dass ich es war", sagt er und lässt keine Widerrede zu. „Sie hat sich nicht umgebracht. Oder denkst du, sie war der Typ dafür?"

Ich denke an Helen zurück. Die Helen, die mit der Nase in ihren Büchern steckte und Chris und mich oft zurechtwies, wenn wir zu laut waren. Ich denke an die Helen, die im Sommer auf der Steinmauer saß und ihre nackten Füße baumeln ließ. Helen war still, ja. Manchmal war sie auch traurig. Wer war das nicht? Aber sie ließ sich nie unterkriegen, war selbstbewusst und hoffnungsvoll.

„Nein", gebe ich zu, „das war sie nicht."

Er nickt und lässt den Kopf dann wieder zurück an die Heizung sinken.

Ich würde gerne etwas sagen, das ihn aufmuntert, aber mir fällt beim besten Willen nichts ein. Zum Glück betreten in diesem Moment Chris und Paddy den Raum und ich sehe sie erwartungsvoll an. Zeitgleich suche ich sie nach möglichen Blessuren ab, doch sie scheinen sich tatsächlich benommen zu haben.

„Und? Seid ihr zu einem Ergebnis gekommen?"

Chris lässt sich neben mich auf die Couch sinken, während Paddy den Sessel uns gegenüber wählt. Keiner von beiden schenkt Raik auch nur einen Blick.

„Es bleibt erst einmal so, wie es ist", klärt Paddy mich auf. „Raik bleibt bei uns und wir suchen nach Mila. Sollten wir sie nicht gefunden haben, bevor Raiks Körper vollständig übernommen wurde, werden wir ihn …", er unterbricht sich kurz und sucht den Blickkontakt zu Chris, „…anderweitig los."

„Anderweitig?", wiederhole ich skeptisch. „Was soll das heißen?"

„Sie legen mich um", erklärt Raik kühl und ich verenge die Augen zu schmalen Schlitzen, als ich Chris ansehe. „Das ist doch nicht dein Ernst."

Chris' Blick bleibt hart. „Das ist es sehr wohl. Paddy hat mir gesagt, was wir tun können, um den Alien in Schach zu halten, sollte er sich aus Raiks Körper befreien."

„Und wie?", frage ich, doch Paddy schüttelt nur den Kopf. „Das werden wir garantiert nicht hier vor ihm erörtern." Er nickt zu Raik hinüber, der genauso wie ich die Stirn runzelt.

„Ihr meint, er belauscht uns?"

Paddy lehnt sich im Sessel zurück, ohne Raik aus den Augen zu lassen. „Er hört und sieht alles, was Raik sieht. Er ist immer anwesend. Ununterbrochen.“

KAPITEL 11

RAIK

Wenn ich Paddy so höre, überkommt mich immer stärker das Gefühl des Besetztseins. Als würden tausend Kakerlaken in meinem Körper herumkriechen. Ich fühle mich widerlich, ekele mich vor mir selbst. Und gleichzeitig kommt es mir so unwirklich vor. Immerhin bin ich im Moment ich selbst. Ich bin es, der hier an die Heizung gefesselt ist, nicht der Alien. Aktuell spüre ich ihn nicht in mir. Da ist nichts.

Wütend starre ich Chris entgegen, der mich ansieht, als wäre ich der Teufel höchstpersönlich.

„Und was jetzt?", fragt Hülya. „Was ist der Plan?"

Chris und Paddy sehen sich kurz an, dann seufzt Chris und reibt sich missmutig den Nacken. „Wir müssen diese Mila finden, um *ihn* da zu exorzieren."

Hülya verzieht kurz die Mundwinkel. Ob das daran liegt, dass ihr sein Ton mir gegenüber nicht gefällt, oder daran, dass sie genauso über mich denkt, kann ich nicht erkennen.

„Und wann wollen wir los?", fragt sie nach einem kurzen Seitenblick auf meine gefesselten Hände.

„*Wir* gar nicht", antwortet Chris. Sie sieht ihn überrascht an. „Was willst du damit sagen?"

Sein Blick verhärtet sich. Seine Muskeln sind leicht angespannt, als bereite er sich darauf vor, dass sie gleich auf ihn losgeht. „Du bleibst hier."

Hülyas Lippen öffnen sich leicht, während sie zwischen Chris und Paddy hin und her sieht. „Was?"

Chris scheint sich nicht ganz wohl zu fühlen. Offensichtlich widerstrebt ihm die ganze Sache. Daher sieht er Paddy an, der erklärend hinzufügt: „Wir können Raik nicht mitnehmen. Das heißt, einer von uns muss mit ihm hierbleiben. Und wir hielten es für das Klügste…"

„*Ihr* hieltet es für das Klügste?", prescht Hülya dazwischen. „Einen Moment mal bitte. Und habe ich bei der Sache noch irgendein Mitspracherecht?"

Chris atmet tief ein und beißt sich auf die Unterlippe. Es sieht so aus, als müsse er sich sehr zusammenreißen. „Glaub mir, es gefällt mir auch nicht, dich mit *ihm* hier alleine zu lassen. Aber die Alternative wäre, dass du mit Paddy da raus gehst."

Hülya gibt ein Geräusch von sich, als würde sie vor Chris ausspucken. „Und das ging dir gegen den Strich, nicht wahr? Du denkst, ich wäre dazu nicht in der Lage."

„Nein, das denke ich nicht", verteidigt er sich. „Ich glaube nur, dass es besser wäre, wenn ich mitgehe."

Ihr trockenes Lachen zeigt deutlich, was sie von seiner Idee hält, doch er lässt nicht locker.

„Dir geht es sowieso schon nicht gut. Deine Rippen sind angeknackst und dein Hals …", er unterbricht sich, ich sehe die Wut in seinen Augen aufblitzen, als er den Blick kurz über mich schweifen lässt. „Es wäre einfach nicht klug, dich da raus zu schicken."

Hülya hat die Arme vor der Brust verschränkt und sich leicht von ihm abgewandt. Als er vorsichtig eine Hand auf ihre Schulter legt, lässt sie sich das widerwillig gefallen. „Und es liegt ganz sicher nicht daran, dass ich ein Mädchen bin? Denn ich kann dir versichern, das hält mich nicht auf. Ganz und gar nicht."

Chris' Lippen verziehen sich zu einem leichten Lächeln. „Das weiß ich doch. Ich hab dich nie für schwach gehalten. Im Gegenteil."

Ich atme tief ein und wende den Blick ab. So viel Zuneigung kann ich im Moment nicht ertragen.

„Wann wollt ihr gehen?", fragt Hülya.

Paddy legt die Füße über die Lehne des alten Sessels und verschränkt die Hände hinter dem Kopf. „Morgen früh. Ich würde sagen, wir haben uns alle erst einmal eine Pause verdient."

121

Immer wieder nicke ich kurz weg, doch ein richtiger Schlaf überkommt mich nicht. Und wenn ich die Augen öffne, sehe ich Chris' dunkle Silhouette auf der Couch vor mir sitzen. Er beobachtet mich. Als gäbe das Seil um meine Handgelenke noch nicht genug Sicherheit. Die Sonne ist bereits untergegangen und nur der Mond, der ins Zimmer scheint, spendet ein wenig Licht.

Um mich abzulenken, hänge ich meinen Gedanken nach, krame in meinen Erinnerungen. Versuche mich an Dinge zu erinnern, die mir normal erscheinen. Doch alles, was mir einfällt, hat mit der Seuche zu tun. Jeder gute Gedanke wird von einem schlechten verdrängt, bis ich aufgebe und die Erinnerung an den Anfang zulasse.

„Schatz, bitte. Komm doch endlich runter." Die Hand meiner Mutter drückte unangenehm fest in meine Schulter, während wir beide in der offenen Haustüre standen und die Treppe zum Obergeschoss raufschauten.

Im Schlafzimmer meiner Eltern rumpelte und rumorte es. Etwas fiel klirrend zu Boden. Dann erklang das laute Fluchen meines Vaters.

„Gottverdammter Scheißdreck!" Mein Vater fluchte nicht oft, aber wann, wenn nicht jetzt, hatte er alles Recht dazu?

Mama ließ meine Schulter los und ging ein paar Schritte auf die Treppe zu, während ich mich herumdrehte und nervös den Vorgarten inspizierte. Ein paar Straßen weiter dröhnte immer noch die Lautsprecheransage in Dauerschleife.

BITTE VERLASSEN SIE IHRE HÄUSER UND BEGEBEN SICH SOFORT AN DEN NÄCHSTEN SAMMELPLATZ IN IHRER NÄHE. BITTE VERLASSEN SIE IHRE HÄUSER UND BEGEBEN SICH SOFORT AN DEN NÄCHSTEN SAMMELPLATZ IN IHRER NÄHE.

Unsere Straße war wie leergefegt. Wobei das nicht ganz richtig ist. Sie war menschenleer, doch noch nie sah sie so verwüstet aus. Mülltonnen lagen quer in den Einfahrten, ihr Inhalt über die gepflegten Vorgärten verteilt. Tiefe Reifenspuren zogen sich durch die ordentlich gestutzten Rasenflächen. Koffer, die nicht mehr in die Autos passten, waren aufgerissen und grob auf das Dringlichste durchsucht worden. Ein paar Meter vor mir auf der Straße lag das kleine Stoffpferd von Martha, unserem Nachbarskind. Ich hatte es letztes Jahr auf der Kirmes für sie gewonnen.

Langsam ging ich darauf zu, sah mich dabei in alle Richtungen um. Doch gerade, als ich das Pferdchen erreicht hatte, riss mich eine Hand zurück. Ich keuchte auf und fuhr herum, das Stofftier in meiner Hand erhoben, als würde es mir irgendetwas nutzen, wenn ich damit auf jemanden einprügeln würde.

„Ich hatte doch gesagt, du sollst nicht alleine vor die Tür gehen", schnauzte mein Vater mich an. Gehetzt blickte er sich um, seine Finger krallten sich schmerzhaft in meinen Oberarm. Dann schob er mich zurück in Richtung Haus.

„Hol deinen Koffer. Wir fahren jetzt."

In der geöffneten Haustür stand meine Mutter, so blass hatte ich sie noch nie gesehen. In ihren Armen hielt sie mehrere Fotoalben.

„Was tust du denn da?", fuhr Papa sie an. „Wir können nicht alles mitnehmen."

„Aber das sind Erinnerungen. Babyfotos von Raik und alte Bilder meiner Eltern. Ich vergesse doch so viel." Sie klang so verzweifelt, dass ich sie am liebsten in meine Arme gezogen hätte. Und auch die Stimme meines Vaters klang nun etwas sanfter: „Also gut. Leg sie in den Kofferraum. Aber das war es dann. Den restlichen Platz müssen wir für die Konserven freihalten."

Sie nickte und eilte in Richtung Auto, während ich Papa in die Küche folgte, um weitere Dosen hinauszuschleppen. Ich war gerade im Flur, als ich ihr Schreien hörte. Laut scheppernd krachten die Konserven auf die Fliesen und ich stolperte darüber, auf dem Weg nach draußen.

In der Tür blieb ich jedoch wie angewurzelt stehen. In unserem Vorgarten waren zwei von ihnen, von diesen ... diesen Monstern. Einer taumelte auf mich zu, der andere hatte meine Mutter im Griff und biss ihr gerade in die Schulter. Noch nie in meinem Leben hatte ich so einen grässlichen Ton wie den Schmerzenslaut meiner Mutter vernommen. Gerade in dem Moment, in dem mein Vater mit einem Akkuschrauber in der Hand an mir vorbeistürzte, sank sie auf die Knie.

Erst jetzt erkannte ich den Typen, der sie angegriffen hatte. Es war Herr Larsson, unser Nachbar von schräg gegenüber. Aber das hielt meinen Vater nicht davon ab, ihm den Akkuschrauber zuerst auf den Kopf zu schlagen und ihn dann angeschaltet in Herrn Larssons linkes Auge zu bohren.

Schlagartig wurde mir übel, doch ich hatte keine Zeit, mich von dem Anblick zu erholen, denn der zweite Typ, der mir gänzlich unbekannt war, hatte mich inzwischen fast erreicht. Ich taumelte zwei Schritte zurück, zögerte kurz und schob dann die Haustür zu.

Die widersprüchlichsten Gefühle tobten in mir. Jeder Muskel in meinem Körper zwang mich zur Flucht, bis auf den einen riesigen in meinem Kopf. Der schrie mich an, meinem Vater beizustehen. Aber meine Angst überwiegte. Immerhin war ich gerade mal fünfzehn Jahre alt. Wie sollte ich alleine ihm schon helfen können? Und meine Mutter.... Lebte sie überhaupt noch?

Als ein dumpfes Hämmern die Haustür erzittern ließ, wich ich zitternd zurück. Mein Atem ging schnell, und mein Herz raste so hektisch in meiner Brust, dass es schon fast wehtat.

Als das Hämmern mit einem Mal verstummte, hielt ich die Luft an und lauschte auf weitere Geräusche. Die Schreie meiner Mutter waren verklungen und auch das Surren des Akkuschraubers war nicht mehr zu hören.

„Raik, mach auf!" Die Stimme meines Vaters ließ mich erleichtert aufatmen. Doch er schien mein Zögern zu bemerken. „Sie sind weg. Wir müssen fahren. Mama ist verletzt."

Das war mein Stichwort. Ich riss die Tür auf und starrte ihn an. Seine Arme hingen schlaff an seinem Körper hinunter und in einer Hand hielt er immer noch den Akkuschrauber, der nun von Blut befleckt war. Wie unter Schock wies er mich an: „Nimm die restlichen Dosen und deinen Koffer. Wir fahren."

125

Auf dem Rücksitz des Wagens hatte Papa Mama hingelegt. Blut tropfte durch ihr geblümtes Sommerkleid auf das Polster, das mein Vater sonst wie sein Allerheiligstes behütete. Erleichtert registrierte ich, dass sie noch atmete. Als ich auf dem Beifahrersitz platznahm, zwang sie sich ein Lächeln auf die Lippen. „Es ist nicht so schlimm wie es aussieht, mein Schatz. Das wird schon wieder."

„Ja", antwortete ich und tauschte einen Blick mit Papa, der sich aber schnell wieder auf das Auto konzentrierte. Er startete den Motor und gab Gas.

Doch schon nach wenigen Minuten bemerkte ich, dass er nicht in Richtung Sammelplatz fuhr, sondern in eine andere Richtung.

„Wohin fahren wir?"

„Raus aus der Stadt", antwortete mein Vater knapp. Sein Blick war stur auf die Straße gerichtet.

„Aber wir sollen doch zum Sammelplatz kommen", erwiderte ich.

Nun sah er mich doch an und in seinem Blick lag eine so tiefe Verzweiflung, dass es mir Angst machte. „Und was meinst du, was sie dann mit deiner Mutter machen? Du glaubst doch nicht wirklich, dass sie uns zusammen mitnehmen, oder? Es wird Zeit, dass du erwachsen wirst, Raik."

KAPITEL 12

HÜLYA

Regen prasselt an die Scheiben des Wohnzimmerfensters und obwohl es früher Morgen ist, verdüstern die Wolken den Himmel so sehr, dass es immer noch Nacht zu sein scheint. Die Uhr an der Wand über dem Fernseher ist keine große Hilfe, denn für sie blieb die Zeit um 13:24 Uhr stehen. Oder auch um 01:24 Uhr nachts. Je nachdem, wie man es sieht.

Nach und nach werden auch die anderen wach. Wobei ich vermute, dass Raik gar nicht geschlafen hat. Dafür war er zu still. Sein Atem nicht tief genug. Paddy lässt seinen Kopf rotieren und seufzt zufrieden, als sein Nacken knackst.

„Guten Morgen, Sonnenschein", begrüßt er mich und seine Worte werden von einem grellen Blitz und einem darauffolgenden Donnergrollen begleitet.

„Das Gewitter scheint direkt über uns zu sein", meint Chris, der nun ebenfalls aufgestanden ist und in den Garten hinausschaut.

Raik verzieht das Gesicht, als er sich zu strecken versucht. Stundenlang an die Heizung gekettet zu sein, scheint seinen Gelenken nicht unbedingt gut zu tun. Wieder überkommt mich eine Woge des Mitleids und mein Blick gleitet zu Paddy hinüber, von dem ich mir in dieser Sache momentan mehr Hilfe verspreche, als von Chris. „Bevor ihr geht, sollten wir Raik wenigstens einmal losmachen, damit er … na ja, auf Toilette kann und so."

Paddy nickt. „Du hast recht." Chris' missbilligenden Blick ignorierend, macht er sich daran, das Seil um Raiks Handgelenke zu lösen und hilft ihm anschließend auf die Beine. „Wir sind gleich wieder da."

Kaum sind die beiden aus dem Raum, dreht Chris sich zu mir um, die Hände hinter dem Rücken überkreuzt. „Es gefällt mir gar nicht, dass du hier mit ihm alleine zurückbleibst."

Ich lache rau auf. „Dein Ernst? Das hast du doch selbst entschieden."

Missmutig zieht er die Mundwinkel nach unten. „Ja, aber doch nur, weil die Alternative noch schlimmer zu ertragen wäre. Ich könnte nicht hier herumsitzen und darauf hoffen, dass du da draußen überlebst."

Ein warmes Gefühl macht sich in meinem Bauch breit. Ich gehe auf Chris zu und ziehe eine seiner

Hände nach vorne, um meine Finger mit seinen zu verschränken. „Denkst du, mir geht es anders?"

Seit wann löst Chris diese Gefühle in mir aus? Wann hat mein Herz begonnen, bei seinem Anblick schneller zu schlagen? Und warum ist es so ein hinterhältiges Ding und verhält sich bei Raik genauso?

Endlich hellt sich Chris' Miene wieder auf. Mit der freien Hand streicht er mir eine Haarsträhne aus dem Gesicht und löst damit ein Kribbeln aus, das mich fast vergessen lässt, dass es mir peinlich sein sollte, wie fettig meine Haare inzwischen sind.

„Versprich mir, dass du ihn angekettet lässt. Mach ihn nicht los", flüstert er und lässt seine Hand an meiner glühenden Wange liegen.

„Ich verspreche es", antworte ich, füge aber im Stillen hinzu: *Es sei denn, es muss sein.*

Als wir Paddys Stimme im Flur hören, lasse ich Chris wieder los und auch er lässt seine Hand wieder sinken. Bei Raiks Anblick fühle ich mich seltsamerweise schuldig und ich bringe unauffällig ein wenig mehr Abstand zwischen Chris und mich.

Paddy macht Raik wieder an der Heizung fest und klatscht dann in die Hände. „Na dann, wollen wir mal los, nicht wahr?"

Der Aufbruch scheint eine seltsame Vorfreude in ihm auszulösen. Allgemein ist Paddy ziemlich seltsam, wenn auch liebenswert auf seine Art und Weise.

Er richtet sich an mich und reicht mir eines der beiden Handys. „Es ist nicht mehr viel Akku übrig", meint er, „du solltest also nicht allzu viel im Internet surfen."

„Ha ha", erwidere ich trocken und stecke es in meine Hosentasche.

Paddy wendet sich an Chris. „Wir werden noch im Bunker vorbeischauen und zumindest schon mal unser Handy neu aufladen und ein paar Vorräte mitbringen."

„Wo werdet ihr nach Mila suchen?", frage ich und verdränge das beklemmende Gefühl, das mich überkommt, wenn ich daran denke, wie weit die beiden sich von mir entfernen werden.

„Es gibt ein paar Orte, die Mila und ich in regelmäßigen Abständen aufsuchen. Unter anderem in Kreuztal. Ich hoffe, wir finden da draußen ein funktionstüchtiges Auto. Auf einen weiteren Fußmarsch habe ich wirklich keine Lust. Sollte sie hier auftauchen: Sie hat lange braune Haare, Sommersprossen auf der Nase und so eine gruselig düstere Aura." Er grinst kurz. „Ach, du wirst sie schon erkennen."

Ich begleite die beiden zur Tür und drücke sowohl Paddy als auch Chris noch einmal fest an mich.

„Seid vorsichtig und geht den Infizierten lieber aus dem Weg, als unnötige Konfrontationen heraufzubeschwören."

„Ja, Mama", antwortet Paddy, „und wir versuchen auch, uns nicht schmutzig zu machen."

Grinsend tippt er sich mit zwei Fingern an den Kopf und hebt dann zur Verabschiedung einen imaginären Hut. „Adieu. Bis bald, meine Schöne."

Er springt beschwingt die Steintreppe vor der Haustür hinunter und schlendert durch den Vorgarten, als wäre er gerade auf dem Weg zur Schule. Der Regen prasselt auf seinen Kopf und seine Schultern nieder, doch das scheint ihm nichts auszumachen.

Ich lache leise. „Also, wenn es jemanden gibt, dessen Leben erst nach der Zombieapokalypse so richtig beginnt, dann ist er es."

Chris stimmt mir nickend zu und greift dann nach meiner Hand. „Wenn etwas ist, dann ruf bitte an. Lass uns einen geheimen Notruf bestimmen, um den Akku zu schonen."

„So etwas wie SOS?", frage ich schmunzelnd, doch er erwidert mein Lächeln nicht.

„Bitte. Bleib am Leben, okay?"

Ich nicke und als er sich zu mir hinunterbeugt, schlägt mir das Herz bis zum Hals. *Er will mich küssen. Er will mich küssen. Er will mich küssen!*

Ich halte die Luft an, meine Gedanken rasen und als seine Lippen nur noch Zentimeter von meinen entfernt sind, weiche ich ihm aus und drücke mein Gesicht an seinen Hals. „Pass auf dich auf."

Ein paar Sekunden schweigt er, dann spüre ich sein Nicken. „Du auch", flüstert er, drückt ein letztes Mal meine Hand und wendet sich dann ab.

Ich entschließe mich, den beiden nicht länger als nötig hinterherzusehen und lehne mich mit dem Rücken gegen die geschlossene Tür. Immer noch spüre ich mein Herz kräftiger als gewöhnlich gegen meine Brust hämmern. Warum habe ich nicht zugelassen, dass er mich küsst? Die Antwort sitzt nur ein Zimmer weiter.

Lange Zeit herrscht Schweigen zwischen Raik und mir. Ich schnappe mir ein Buch aus dem Regal im Wohnzimmer und versuche, mich auf den Text zu konzentrieren. Aber mein Mund ist viel zu trocken, der Hunger zu groß. Mehrmals übertönt das Knurren meines Magens die Stille im Raum.

Trotzdem blättere ich weiter Seite für Seite um, tue so, als hätte ich zu tun, nur um mich nicht mit der Tatsache zu beschäftigen, dass ich jemanden an ein Heizungsrohr gekettet gefangen halte. Oder noch schlimmer: Was mir passieren würde, wenn ich ihn losmachen würde.

Raik hält den Kopf gesenkt und seine dunklen Locken fallen ihm so in die Stirn, dass ich seine Augen nicht erkennen kann. Ich weiß also nicht, ob er es ist, der momentan anwesend ist, oder … oder dieses fremde Wesen, das mir nach dem Leben trachtet.

Zögernd lege ich das Buch beiseite, ziehe die Füße unter den Po und räuspere mich. „Schlimmes Wetter heute, oder?"

Ich sehe, wie Raik tief einatmet, ansonsten folgt keine Reaktion auf mein Gesagtes.

„Früher mochte ich solche Tage. Prasselnde Tropfen an der Scheibe, ein gutes Buch und eine Wolldecke. Das perfekte Lesewetter." Ich unterbreche mich, warte auf eine Antwort, die allerdings ausbleibt. „Aber jetzt mag ich den Regen nur noch, weil er den Gestank und das Blut wegschwemmt."

Endlich schaut Raik auf, seine Augen sind zwar dunkel, aber nicht furchterregend. Unsere Blicke treffen sich kurz, dann schließt er sie und lehnt den Hinterkopf an die Heizung. „Ich habe nicht wirklich das Bedürfnis, mich über das Wetter zu unterhalten."

„Ich halte das Schweigen nicht mehr aus. Bitte sprich mit mir. Nur so weiß ich, dass du du bist."

Raiks Adamsapfel hüpft an seiner Kehle, als er schluckt.

„Woran denkst du?", frage ich unsicher.

„Daran, dich nicht zu töten." Seine Stimme ist kühl, emotionslos.

Ich senke schnell den Blick. „Oh. Okay."

Die Heizungsstäbe geben klingende Geräusche von sich, als er seine Position verändert. „Egal, was passiert. Du darfst mich nicht losmachen, okay?"

„Und wenn du mal auf Toilette musst?"

„Ich muss nicht. Wenn ich dir etwas anderes erzähle, bin das nicht ich. Verstanden?"

Ich nicke schwach und zupfe sinnlos Fusseln von meiner Jeans ab.

Raik seufzt leise. „Wir warten hier einfach, bis die beiden zurückkommen und sehen dann weiter. Bis dahin hältst du am besten einen Mindestabstand von zwei Metern zu mir ein."

Wieder entsteht ein langes Schweigen. Nur der Regen trommelt weiterhin gegen die Scheibe und läuft in langen Rinnsalen daran hinab. Im Garten haben sich bereits große Pfützen gebildet und der kleine Fischteich im hinteren Bereich der Wiese läuft allmählich über.

„Spürst du … dieses Wesen in dir?", frage ich ihn, weil ich mich einfach nicht zurückhalten kann. Ich halte es nicht aus, mehrere Stunden schweigend neben ihm zu verbringen.

„Im Moment nicht", antwortet er und nach einigen Sekunden fügt er hinzu: „Aber als ich dich gewürgt habe, da habe ich ihn gespürt."

„Ihn?", hake ich neugierig nach. „Du meinst, es ist männlich?"

Er nickt grimmig. „Manchmal höre ich seine Stimme."

„Was sagt er?"

Raik weicht meinem Blick aus. „Nichts Gutes."

Ich beiße mir kurz auf die Lippe und sehe wieder zum Fenster hinaus. Ein Blitz erhellt den Himmel für den Bruchteil einer Sekunde. Dann folgt ein tiefes Donnergrollen.

„Kannst du mit ihm kommunizieren?"

Raik sieht mich wieder an. „Was?"

„Kannst du mit ihm sprechen? Ich meine, hört er das, was du denkst?"

Er zögert. „Ich weiß nicht. Darüber habe ich noch nicht nachgedacht."

Aufgeregt richte ich mich auf. Ein kleiner Funken Hoffnung macht sich in mir breit. „Und wenn du es versuchst? Wenn du versuchst, mit ihm zu verhandeln?"

„Verhandeln?" Raik lacht freudlos. „Was könnte ich ihm denn anbieten?"

„Du könntest ihm sagen, dass wir nicht seine Feinde sind. Dass wir ihm nichts tun werden, wenn er jetzt geht. Vielleicht…"

Raik unterbricht mich und klingt dabei fast schon wütend. „Denkst du im Ernst, dass ihn das interessiert? Für die sind wir nicht mehr als ein paar Laborratten. Das hat Paddy doch erklärt. Sie wollen nicht mit uns befreundet sein. Sie wollen unsere Körper übernehmen und uns von innen heraus vernichten."

Ich schlucke meine nächsten Worte hinunter und sacke wieder zurück in die Couch. „Ich denke, es wäre einen Versuch wert. Paddy hat ja auch gesagt, dass sie nicht alle so grausam sind. Dieser Dante zum Beispiel. Mila und er scheinen sich zu lieben, wenn ich das richtig verstanden habe. Also sind sie zu guten Gefühlen fähig. Wieso sollte der Alien, der dich ausgesucht hat, einer von den bösen sein?"

Die Heizung klingt, als Raik versucht, die Hände hochzureißen. Wut spricht aus seinen Worten: „Weil er versucht hat, dich umzubringen, verdammt nochmal! Seit wann bist du so naiv?"

Plötzlich werde auch ich zornig. Seine Sturheit macht mich noch wahnsinnig. „Seit ich versuche, dir Hoffnung zu machen und einen Ausweg zu finden! Aber bitte, versink doch in deiner Verbitterung und deinem Selbsthass. Das macht die Sache bestimmt besser." Damit verschränke ich die Arme vor der Brust und starre aus dem Fenster.

Es dauert nicht lange, dann seufzt er leise. „Okay. Tut mir leid. Du hast recht. Lass uns ein bisschen hoffen."

„Und wünschen", füge ich hinzu. „Ich wünsche mir, dass Chris und Paddy gesund wieder zurückkommen."

Er nickt. „Und ich wünsche mir, dass die Seuche verschwindet."

„Noch besser", meine ich, „die Seuche verschwindet und alle Infizierten werden wieder geheilt."

„Jap. Und ich wünsche mir, dass niemand jemals gestorben ist."

Ich nicke selig. „Dass das alles nur ein schlechter Traum war."

Raik lächelt. Neben seinen Augen bilden sich kleine Lachfältchen. „Und wenn wir uns morgen im Einkaufszentrum über den Weg laufen, werden wir langsamer, sehen uns hinterher und überlegen, woher wir uns bloß kennen."

Die Vorstellung ist so schön, dass ich leise lache. „Und ich werde denken: *Was starrt der Idiot mir so auf den Hintern?*"

Raik fällt in mein Lachen mit ein. „Und ich denke mir: *Geiler Arsch!*"

Wir kichern beide bei dem Gedanken daran und endlich können wir uns wieder ohne Reue in die Augen sehen.

KAPITEL 13

RAIK

Hülya wäre tatsächlich eines der Mädchen gewesen, bei denen ich mein Glück versucht hätte. Sie hat diesen exotischen Charme. Auf den ersten Blick wirkt sie schüchtern und fast unscheinbar. Aber sobald sie sich bewegt oder spricht, zieht sie alle Blick auf sich. Und sie ist alles andere als schüchtern.

Sie ist eine Amazone der modernen Zeit. Ich muss den Blick abwenden, um sie nicht zu lange anzustarren. Aber das gemeinsame Lachen hat gut getan. Endlich fühle ich mich wieder menschlicher. Als hätte ich das fremde Wesen in mir damit ein wenig zurückdrängen können.

Hülya seufzt leise, auch sie scheint erleichtert zu sein. Sie greift nach ihrem Buch und blättert gedankenverloren darin herum. *Europas schönste Libellenarten* scheinen sie doch nicht sonderlich zu interessieren.

„Gott, warum landen wir ausgerechnet in so einem Langweilerhaus?", beschwert sie sich und wirft das Buch zurück auf den Wohnzimmertisch. „Wenn wir ja wenigstens fernsehen könnten. Oder Musik hören." Sie stöhnt und wirft den Kopf zurück, so dass ihre langen, schwarzen Haare über die Sofalehne fallen. „Vermisst du die Musik auch so? Manchmal sehnt es mich richtig nach ein paar richtig schönen Klängen. Ich würde mich sogar über Helene Fischer freuen, wenn sie jetzt hier zur Tür hereinspazieren würde."

„Aber bitte lebend", merke ich schmunzelnd an.

Hülya nickt heftig. „Ja, und sie kann ihre Hits ruhig laut herausschmettern. Ich will tanzen. Tanzen! Wie lange habe ich nicht mehr getanzt?"

Ich lache. „Bring mir eine Gitarre und ich spiele dir etwas vor."

„Du spielst Gitarre?" Ihre Augen strahlen mich an.

„Ja, zumindest habe ich das noch vor drei Jahren. Bin vielleicht ein bisschen aus der Übung. Aber du hast recht. In manchen Nächten im Baumhaus habe ich sogar geträumt, ich würde die Saiten zupfen. Leider haben Sibby und Nor mir nie erlaubt, mir eine Gitarre selbst zu bauen oder zu besorgen, weil die Klänge unerwünschte Konzertbesucher herbeigelockt hätten."

„Ja, mich zum Beispiel", sagt Hülya und wir lachen beide, begleitet von einem Krachen über unseren Köpfen. Das Gewitter ist immer noch nicht weitergezogen.

„Ich sage dir was", meint sie. „Wenn Mila dich ... exorziert hat, oder was auch immer, dann machen wir uns auf die Suche nach einer Gitarre. Und dann spielst du darauf, bis dir die Finger bluten."

Ich nicke grinsend. „Ai, ai."

„Kannst du auch singen?"

„Nicht unbedingt. Das willst du nicht hören."

Sie wiegt den Kopf hin und her. „Okay. Schade. Ich kann leider auch nur Kinderlieder auswendig. Wie wäre es mit *Häschen hüpf*?"

Mein Räuspern ist wohl Antwort genug, denn sie schnalzt nur mit der Zunge und schließt die Augen.

„Wenn du nichts dagegen hast, schlafe ich mal ein bisschen."

„Okay", antworte ich und beobachte, wie sie sich auf der Couch zusammenrollt und die muffige Wolldecke über ihren zierlichen Körper zieht. Wenige Minuten später ist sie eingeschlafen. Das Bild wirkt so abstrakt friedlich auf mich. Ihr schlafender Körper, eingewickelt in die Decke, während die Schatten des an der Scheibe hinabrinnenden Regens Muster auf ihre Haut zeichnen.

Und ich komme nicht drum herum, mir über ihre Idee Gedanken zu machen. Was, wenn ich wirklich Kontakt zu dem Ding in meinem Körper aufnehmen kann? Aber momentan fühlt es sich so weit weg an und ich bin froh darum. Mit ihm zu kommunizieren, würde bedeuten, es wieder hervorzulocken. Hätte ich es dann noch unter Kontrolle?

Aber der Zeitpunkt ist günstig. Ich bin allein und angekettet. Selbst, wenn er kurzzeitig die Kontrolle übernehmen sollte, könnte er Hülya nichts tun. Sie würde nicht einmal mitbekommen, dass er da ist. Zumindest hoffe ich das. Ich rucke ein paar Mal an dem Seil, das inzwischen schon rote Striemen an meinen Handgelenken verursacht hat. Es ist fest. Selbst, wenn ich kräftiger wäre und nicht so ausgelaugt wie momentan, könnte ich mich nicht davon befreien.

Also schließe ich die Augen und horche in mich hinein. Ich durchforste meinen Geist, suche das Versteck des Eindringlings.

Bist du da?, denke ich, als würde ich mit mir selbst sprechen.

Stille.

Nichts, bis auf das Rauschen meines Blutes und das Schlagen meines Herzens.

Ich will die Idee schon als lächerlich abtun, als ich das Zucken in meiner rechten Hand bemerke. In einem seltsamen Takt tippen meine Finger immer stärker auf mein angezogenes Knie. Als würden sie eine Melodie auf einem Piano spielen. Fasziniert und gleichzeitig erschrocken starre ich darauf, bis die Finger auf einmal wieder sillhalten.

Langsam drehe ich die Hand vor meinem Gesicht, nehme sie ganz genau unter die Lupe und beobachte das Pochen der blauen Venen an meinem Handgelenk.

Er ist also da.

Sprich mit mir, fordere ich ihn auf. Dann warte ich wieder. Es passiert nichts, bis auf meinen beschleunigten Herzschlag. Ich warte und warte, das Pochen wird stärker und lauter. Vielleicht, weil ich mich so sehr darauf konzentriere. Als mein Herz schließlich einen kurzen Aussetzer hat und gleich darauf mit doppelter Geschwindigkeit weiterschlägt, fasse ich mir keuchend an die Brust.

Sag mir nicht, was ich zu tun habe. Seine Worte dröhnen durch meinen Kopf. Er spricht so laut, dass ich erschrocken aufschaue. Doch Hülya schläft immer noch friedlich. Sie scheint nichts gehört zu haben.

Ich atme tief ein, lasse die Hand wieder sinken und konzentriere mich auf ihn. *Was willst du von mir?*

Entweder ist er sehr stur oder er hat Schwierigkeiten zu mir durchzudringen, denn seine Antwort lässt wieder lange auf sich warten.

Von dir will ich gar nichts. Ich brauche nur deinen Körper.

Ich schnaube leise. *Tja, tut mir leid. Aber die gibt es nur im Doppelpack.*

Ich spüre seine Wut in mir hochkochen. Meine Finger verkrallen sich ohne mein Zutun im Stoff meiner Jeans.

Es ist nur eine Frage der Zeit, bis du voll und ganz mir gehörst. Du bist schwach, selbst für ein Individuum der menschlichen Rasse.

Ich schüttele den Kopf über seine Worte und zwinge meine Finger wieder unter meine Kontrolle.

So schwach scheine ich nicht zu sein. Denn sonst würdest du dich nicht immer noch in deinem Versteck verkriechen, nicht wahr?

Seine nächsten Worte brüllt er so laut, dass ich mir sinnloserweise die Ohren zuhalte. *Es ist nur eine Frage der Zeit. Ich gewinne mehr und mehr an Kraft. Und wenn ich deinen Körper erst einmal vollständig übernommen habe, wird von deiner erbärmlichen Seele nicht mehr übrigbleiben, als ein kleines Häuflein Asche.*

Ein Zittern geht durch meinen Körper. Ich versuche, den Schauer zu unterdrücken, will mir keine Schwäche anmerken lassen. Doch es ist sinnlos. Er spürt alles, was ich spüre.

Wie ist dein Name?, frage ich ihn. Vielleicht hilft es, wenn wir mehr über ihn erfahren.

Ich habe keinen Namen. Die Bezeichnung, die mir für euren Planeten auferlegt wurde, ist nicht von Bedeutung.

Aber wie soll ich dich nennen?, versuche ich es weiter.

Sein Lachen jagt mir einen weiteren Schauer über den Rücken. *Du brauchst mich nicht benennen. Wir werden uns diesen Körper nicht lange genug teilen, um Freundschaft zu schließen. Aber da ich Interesse daran hege, dass er unbeschadet bleibt, warne ich dich nun vor. Ihr seid nicht allein im Haus.*

„Was?" Ohne es zu merken, habe ich die Frage laut gestellt und Hülya schreckt augenblicklich aus ihrem Schlaf hoch. Sofort sieht zu mir hinüber. Die Augen vor Schreck geweitet. Erst, als sie sieht, dass ich noch festgekettet bin, sackt sie wieder ein wenig in sich zusammen und ihre Miene wirkt schon fast schuldbewusst.

„Alles in Ordnung?", fragt sie.

„Wir sind nicht allein im Haus", wiederhole ich die Worte des Schattenwesens.

Und sie wiederholt meine Frage: „Was?"

„Habt ihr alle Räume überprüft, bevor ihr hier Quartier bezogen habt?"

„Selbstverständlich", antwortet sie und runzelt die Stirn. Leicht nervös schaut sie sich im Raum um. „Wie kommst du darauf? Hast du etwas gehört?"

„Ich habe mit ihm gesprochen."

Nun scheint sie noch verwirrter. „Mit wem? Mit der Person, die hier im Haus ist?"

Ich tippe mir auf die Brust. „Mit dem Ding, das hier drin ist."

Ihre Reaktion schwankt von Überraschung zu Erstaunen und Schrecken. „Du hast mit ihm gesprochen?" Sie springt auf und kommt auf mich zu, doch ich halte sie mit erhobenen Händen auf.

„Er hat gesagt, wir wären nicht alleine im Haus. Bist du dir ganz sicher, dass ihr alle Räume durchsucht habt?"

Sie nickt, doch ich sehe ihr Zögern.

„Alle. Bis auf…" Ihre Antwort wird von einem lauten Krachen unterbrochen, das von oben ertönt. „…den Dachboden", vollendet sie ihren Satz.

KAPITEL 14

HÜLYA

Wie dumm von uns. Warum haben wir die Dachluke ausgelassen? Nervös schaue ich in Richtung Flur. Das Wohnzimmer hat keine Tür, die man schließen könnte. Der bogenförmige Durchgang lässt den Blick frei auf die ersten Stufen der nach oben führenden Treppe.

Nach dem ersten Krachen sind jetzt schlurfende und kratzende Geräusche zu vernehmen.

Nein. Wir sind tatsächlich nicht allein. Und erst jetzt fällt mir auf, dass das Gewitter sich schon längst verzogen hat und die donnernden Geräusche von oben kein Donner gewesen sein können.

Raik und ich tauschen einen beunruhigten Blick, bevor ich aufstehe und in Richtung Treppe schleiche.

„Hülya!", ruft Raik mir leise hinterher. „Wo willst du hin?"

„Ich sehe nach, wie viele es sind", flüstere ich ihm über die Schulter zu. Er schüttelt wild mit dem Kopf. „Auf keinen Fall wirst du das tun."

„Ich muss mir einen Überblick verschaffen", erkläre ich ihm und sehe mich bereits nach einer geeigneten Waffe um, mit der ich nicht ganz so nah an die Gefahr heran muss. Doch bis auf das Messer, das Chris für mich auf der Wohnzimmerkommode hinterlegt hat, entdecke ich auf die Schnelle nichts.

Verdammt. Ich war nicht genügend vorbereitet. Ich nehme mir das Messer und drehe es so lange in meiner Hand, bis ich den perfekten Griff habe. Langsam nähere ich mich dem Treppenaufgang.

Von oben dringen eindeutige Laute zu uns hinunter. Sie lassen keinen Zweifel daran, dass es sich bei den Eindringlingen um Infizierte handelt.

Als der erste am Treppengeländer erscheint, ducke ich mich schnell hinter die Brüstung. So lange sie nicht wissen, dass wir hier unten sind, werden sie auch nicht runter kommen.

Mir bleiben zwei Möglichkeiten.

Erstens: Ich gehe hoch und mache den Biestern den Gar aus. Ich weiß allerdings nicht, wie viele von ihnen da oben herumgeistern. Es hört sich nach mindestens zwei Infizierten an.

Oder zweitens: Ich mache Raik los und wir sperren uns in der Ekelküche ein. Dort können wir warten, bis Chris und Paddy zurückkommen.

Aber was dann? Dann werden die beiden von den Untoten überrascht. Ich müsste ihnen auf jeden

Fall vorher Bescheid sagen. Ein Blick auf das Handy zeigt mir, dass nur noch sieben Prozent Akku übrig sind. Ein Zustand, der mir schon zu Nicht-Apokalypsezeiten Herzrasen beschert hätte. Hält es überhaupt noch einen Anruf aus?

Ich wage noch einmal einen Blick die Treppe hinauf. So weit ich kann, beuge ich mich um das hölzerne Treppengeländer herum und zähle auf die Schnelle sechs Füße. Zwei große Paar und ein kleineres Paar. Eine Familie. Vermutlich hatten sie sich auf dem Dachboden versteckt und haben sich dort gegenseitig infiziert. Warum gibt die bescheuerte Dachluke ausgerechnet heute nach?

Ich lehne mich wieder zurück, presse das Messer an meine Brust und wäge meine Chancen ab. Da oben scheint der Raum knapp bemessen zu sein. Mir blieben nur wenige Sekunden, um mindestens drei Infizierte zu töten. Schaffe ich das? Nie im Leben. Mit einem einzigen habe ich ja schon Probleme.

Also stecke ich das Messer in meinen Gürtel, schleiche zurück zu Raik und mache mich mit zitternden Fingern an dem Seil zu schaffen, das seine Handgelenke inzwischen wund gescheuert hat.

„Was tust du da?", fragt er und starrt auf meine flinken Hände.

„Ich mache dich los", flüstere ich und ziehe an einem der widerspenstigen Knoten. Sofort legt er eine Hand auf meine und umfasst sie mit festem Griff. „Nein, hör auf."

„Spinnst du?", zische ich und schüttele seine Hand ab. „Wir müssen aus dem Wohnzimmer raus. Da oben sind mindestens drei Infizierte, vielleicht auch mehr. Und hier können wir uns nicht verstecken. Wir müssen in die Küche, die hat zumindest eine Tür und mit viel Glück kann man sie sogar abschließen."

„Mach mich nicht los", fleht er und sieht mir dabei fest in die Augen. „Sperr dich alleine in der Küche ein. Ich verhalte mich hier ganz still, dann werden sie nicht auf mich aufmerksam."

Leise schnaubend schüttele ich den Kopf. „Auf keinen Fall. Früher oder später kommen sie runter und du wärst ein leichtes Opfer."

Wieder hält er meine Hände fest, indem er sie mit seinen umklammert. „Bitte. Ich traue mir nicht."

Ich erwidere seinen flehenden Blick und sage bestimmt: „Ich traue dir aber. Hörst du? Du wirst mir nichts tun. Du weißt jetzt, dass er da in dir drin ist", ich mache mich von ihm los und tippe ihm mit einem Zeigefinger fest vor die harte Brust, „er ist dein Gefangener. Nicht er hat Macht über dich, sondern du über ihn. Du musst ihn nur gefangen halten, bis Mila kommt und sich um ihn kümmert."

Bevor er weiter protestieren kann, löse ich den letzten Knoten und ziehe Raik auf die Füße. Dann schleife ich ihn fast schon hinter mir her in Richtung Flur. Kurz vor der Treppe bleiben wir stehen. Die Küche liegt rechts neben dem Wohnzimmer und für einen kurzen Moment werden wir im Sichtfeld der Infizierten sein.

Ich hebe die Hand und zähle mit den Fingern stumm bis Drei. Dann rennen wir los. Fast schlittere ich an der Küche vorbei, Raik greift nach meinem Arm und gemeinsam hasten wir in die Küche. Er verschließt die Tür, dreht den Schlüssel herum und steckt ihn in seine Hosentasche.

Ich fasse mir an die Brust und kichere leise. „Das war knapp."

Er steht immer noch mit dem Rücken zu mir, seine Schultern heben und senken sich mit jedem Atemstoß. Die Hand in seiner Hosentasche bildet eine Faust. Die Hand, die den Schlüssel umklammert hält.

„Raik?", frage ich leise. „Warum hast du den Schlüssel abgezogen?"

Langsam dreht er sich zu mir herum. Ein Muskel in seinem Kiefer zuckt und unter seinen dunklen Locken starren mich zwei pechschwarze Augen an.

Seine Stimme klingt tief und bedrohlich: „Damit ich zu Ende bringen kann, was ich angefangen habe."

Manchmal überrascht es mich selbst, wie schnell ich mich bewegen kann. Innerhalb von zwei Sekunden habe ich den größtmöglichen Abstand zwischen Raik und mich gebracht. Ich krache so heftig mit dem Rücken gegen die Küchentheke, dass ein paar dreckige Teller vom Spülstapel hinuntergleiten und auf dem Boden zerschellen. Von oben erklingen erneut grollende Töne. Doch diesmal ist es nicht der Donner, das Gewitter ist schon längst wieder weitergezogen. Schritte poltern die Treppe hinunter. Raik zuckt nicht einmal mit der Wimper, als die Infizierten gegen die Küchentür stoßen und hämmern.

„Angst", knurrt er angewidert, „deine Angst stinkt bis hierher."

Ich weiß nicht, was mir mehr Angst macht, Raik, der mir mit dem Tod droht oder die Infizierten, die vor der Tür auf uns warten.

Mit zitternden Fingern taste ich nach dem Messer, das ich mir in den Gürtel gesteckt habe. Doch bevor ich danach greifen kann, hat Raik mich erreicht, reißt es an sich und ritzt mir dabei einen feinen Schnitt in die Bauchdecke. Ich stöhne leise auf und beiße die Zähne aufeinander, was Raik, oder viel mehr dem Ding, das in ihm steckt, zu gefallen scheint.

„Und Schmerz", sinniert er, streicht mit einem Finger über meine Haut und nimmt ein paar Tropfen Blut auf den Finger, um sie sich genauer anzusehen. „Eine interessante Erfindung, nicht wahr? Wofür gibt es den Schmerz? Wofür fühlt ihr Angst? Wozu soll das gut sein?"

Ich versuche, meiner Stimme einen festen Klang zu verleihen, indem ich das Kinn vorstrecke. „Damit wir nicht wie die Lemminge von der Klippe springen, wenn es brenzlig wird", erkläre ich und füge fast schon trotzig hinzu: „Oder unseren Planeten verlassen."

Raiks Oberlippe zuckt, seine schwarzen Augen bohren sich in meine. Jetzt, da er so nah vor mir steht, bemerke ich, dass sie nicht einfach nur schwarz sind. Vielmehr scheinen sich Schatten dahinter zu befinden, die wie lebende Wesen hinter seinen Iriden wabern.

Er setzt das Messer an meinem Hals an und ich zucke zusammen, als er gegen die Blutergüsse drückt, die seine Hände nur einen Tag zuvor dort hinterlassen haben. „Ist es mutig oder dumm in einer Situation wie deiner zu scherzen?"

Okay. Ich bin so oder so gleich tot. Also kann ich genauso gut auf's Ganze gehen.

Ich setze ein selbstbewusstes Lächeln auf. „Ist es mutig oder dumm, sich den Körper eines Jungen auszusuchen, in den ich mich verliebt habe?"

Bevor er reagieren kann, fasse ich mit beiden Händen an seine Wangen, stelle mich auf die Zehenspitzen und küsse ihn. Ich presse mich dicht an ihn, ignoriere das Brennen, das die Klinge an meinem Hals verursacht, als sie meine Haut einritzt.

Wir stehen so dicht beieinander, dass ich seinen Herzschlag an meiner Brust spüre. Und als er meinen Kuss erwidert, kann ich nur hoffen, dass es Raik ist, der eine Hand in meinen Haaren vergräbt, um mich noch näher an sich heranzuziehen und nicht der Alien.

KAPITEL 15

RAIK

J e intensiver ihre Lippen meine berühren, desto weiter ziehen die Schatten sich von meiner Seele zurück. Als ich endlich wieder befreit durchatmen kann, fällt das Messer klirrend zu Boden und Hülyas süßer Hintern landet auf der Küchentheke. Ihre Beine umschlingen meine Hüften, nehmen mich gefangen. Doch diesmal macht es mir gar nichts aus. Ich küsse sie, als gäbe es kein Morgen, vergesse die Infizierten vor der Tür und den Alien in mir drin. Alles, was zählt ist sie und ihre Hände auf meiner Haut.

Ihr Atem geht schnell, als sie sich von mir löst und ihr Gesicht an meinem Hals versteckt. Ich schlinge die Arme um sie, drücke sie an meine Brust und lege mein Kinn auf ihrem Kopf ab.

„Es tut mir so leid", flüstere ich. Erst jetzt wird mir bewusst, wie knapp sie dem Tod entgangen ist. Dem Tod durch meine Hand. Ein Schauer jagt durch meinen Körper und ich vergrabe mein Gesicht in ihrem Haar. „Es tut mir so leid."

Beruhigend streichelt sie mir über den Rücken. Dabei sollte ich derjenige sein, der sie tröstet.

„Ist er weg?", fragt sie leise und ich nicke in ihr Haar hinein. „Für den Moment."

Dann trete ich von ihr zurück und hebe ihr Kinn mit zwei Fingern an. Ein dünner Schnitt zieht sich quer über ihren Hals. Sofort verengt sich meine Brust, das Sprechen fällt mir schwer.

„Du solltest mich jetzt wieder festbinden."

Sie schüttelt den Kopf. „Ich hab das Seil im Wohnzimmer liegen lassen."

„Was?" Ich sehe sie entgeistert an. „Wieso?"

„Ich hab doch gesagt, ich vertraue dir."

Entrüstet werfe ich die Hände in die Luft. „Und wir sehen ja, wie weit uns das gebracht hat." Ich sehe mich suchend um. Hier muss ja irgendetwas sein, mit dem sie mich in Schach halten kann.

„Aber du hast mir nichts getan", setzt sie an, doch ich unterbreche sie.

„Ich hab dir nichts getan? Sieh dir deinen Hals an! Oder deinen Bauch! Ich habe dich geschnitten!"

Meine Stimme ist so laut, dass die Infizierten vor der Tür ganz rasend werden. Die Tür klappert in ihren Angeln, als sie von außen dagegen stoßen.

Hülya fasst sich mit einer Hand an die Kehle und starrt dann einen Moment auf ihre blutigen Finger, bevor sie sie an ihrer Hose abwischt. „Das ist nichts

Lebensbedrohliches. Ich hab doch gesagt, du bist stärker als er."

„Das bin ich nicht", sage ich und fahre mir verzweifelt mit beiden Händen durch die Locken.

Sie tritt auf mich zu, greift nach meinen Händen und verhakt ihre Finger mit meinen. „Das bist du doch. Ansonsten wäre ich jetzt tot. Aber du hast ihn zurückgedrängt."

Ich puste die Luft aus und schüttele den Kopf. „Das war ich nicht. Das warst du." Ich muss wieder an die Worte denken, die sie sagte, bevor sie mich küsste. Sie liebt mich? Tut sie das wirklich? Wie kann sie mich lieben, nach all den grausamen Dingen, die ich getan habe? Vermutlich tut sie das gar nicht. Hülya ist klug. Klug genug, um mich zu durchschauen und zu wissen, mit was sie mich locken kann. Und es hat ja auch geholfen. Aber wird es das beim nächsten Mal auch?

Ich entziehe ihr meine Hände und lasse mich auf einen der versifften Holzstühle sinken. Die Sonne hat die Wolken inzwischen vertreiben können und steht hoch am Horizont.

Hülya setzt sich mir gegenüber hin und stützt die Ellbogen auf den Tisch. Sie sieht furchtbar aus. Angeknackste Rippen, Prellungen, blaue Flecken, Würgemale und Schnittwunden. Alles durch mich verursacht. Und trotzdem sitzt sie da und lächelt mich an.

„Eine Runde *Wünsch dir was*?", fragt sie hoffnungsvoll.

„Nein, ich denke, bei mir hat es sich ausge-
wünscht."

Genervt verdreht sie die Augen. „Du bist echt eine Stimmungskanone." Dann versucht sie ein Gäh-
nen zu unterdrücken. Ihr fehlt eindeutig jede Menge
Schlaf. Ich dagegen verspüre momentan weder
Müdigkeit noch Hunger. Das mag an den Ereignis-
sen der letzten Stunden liegen, vielleicht ist es aber
auch ein Zeichen für den Verlust meiner Seele.

Die Sonne ist vom Küchenfenster aus schon lange
nicht mehr zu sehen, als Hülyas Kinn aus ihrer auf-
gestützten Hand rutscht und fast auf die Tischkante
knallt. Erschrocken reißt sie die Augen auf.

„Ich bin wach, ich bin wach. Alles in Ordnung?"

Ich kann ein Schmunzeln nicht unterdrücken.
„Ja, alles gut. Bis auf die Untoten vor der Tür und
das Ding, das meinen Körper übernehmen will."

„Also alles beim Alten", murmelt sie schläfrig,
lehnt sich im Stuhl zurück und reibt sich die vor
Müdigkeit geröteten Augen. Dann wirft sie einen
Blick auf ihr Handy. „Noch vier Prozent Akku. Das
reicht wohl nicht mal aus, um die Nummer zu wäh-
len."

„Mmm", brumme ich, „aber mal ehrlich. Was
sollte ein Anruf auch schon bringen? Selbst wenn sie
ein Auto gefunden haben sollten, bräuchten sie mindestens eine halbe Stunde bis hierher. Ich brauche
nicht mal fünf Sekunden, um dir die Kehle aufzu-
schlitzen."

Ihre Augen verengen sich. „Hast du das denn vor?"

Ich hebe beruhigend die Hände. „Keine Sorge. Im Moment ist alles ruhig."

Sie nickt und betrachtet wieder das nutzlose Ding in ihrer Hand. „Es ging mir auch gar nicht um einen Notruf. Ich hätte nur ganz gerne gewusst, ob es den beiden gut geht und wann sie wieder zurückkommen. Sie sind schon fast den ganzen Tag unterwegs."

„Wenn sie zu Fuß unterwegs sind, dauert das auch eine Weile", merke ich an. „Vielleicht kommen sie ja auch erst morgen früh zurück."

„Ja", erwidert sie leise und hustet trocken auf. Mit verzerrtem Gesicht fasst sie sich an den Hals. „Ich hätte so gerne etwas zu trinken. Mein Mund ist so trocken wie die Wüste Gobi."

Ich nicke, stehe auf und sehe mich noch einmal genauer in der Küche um. Vielleicht finde ich doch noch irgendetwas Brauchbares. Inzwischen verspüre auch ich wieder ein wenig Durst und ich sehe das als gutes Zeichen an.

Doch als ich beginne die Schränke zu durchsuchen, seufzt Hülya hinter mir auf. „Das kannst du sein lassen. Paddy hat schon alles auf den Kopf gestellt und bis auf eine Cornflakespackung voller Maden hat er weder etwas Essbares noch etwas zu trinken gefunden." Sie richtet sich etwas auf und sieht mich gespannt an. „Was habt ihr denn im Wald getrunken?"

157

Ich lehne mich mit dem Rücken an die Küchentheke und stütze die Hände links und rechts von mir ab. „Wir hatten Wasserlöcher, in denen wir das Regenwasser gesammelt haben. Das haben wir dann abgekocht, damit wir es trinken konnten. Und in besonders trockenen Zeiten haben wir die Bäume angezapft. Im Stamm selbst befindet sich oft noch eine Menge Wasser. Man wird einfallsreich, wenn man durstig ist.“

Sie nickt nachdenklich. „Ja, das stimmt wohl. Habt ihr auch euer Pippi getrunken?“

„Was?“, erwidere ich lachend. „Nein, wieso?“

„Na, das machen doch Schiffbrüchige auf hoher See auch so. Die trinken ihr eigenes Pippi.“

Ich lache noch einmal und schüttele angewidert den Kopf. „Nein, das war noch nie nötig.“

Ein kurzes Schweigen entsteht, dann sieht sie mich aus großen Augen an. „Meinst du, *wir* werden in ein paar Stunden unser Pippi trinken?“

„Hör auf, immer wieder Pippi zu sagen“, befehle ich ihr. „Nein, das werden wir nicht.“ Mein Blick gleitet zum Küchenfenster. „Aber es hat heute genügend geregnet. Wir könnten aus dem Fenster klettern und uns ein paar Schüsseln vollmachen.“

„Mit Pfützenwasser?“ Sie klingt alles andere als begeistert. Als wäre mein Vorschlag abwegiger als ihrer. „Bekommen wir da nicht … na ja, du weißt schon …“

„Montezumas Rache?“, helfe ich ihr aus und sie nickt.

Ich zucke mit den Schultern. „Ja, vermutlich. Aber ich habe immerhin ein Feuerzeug gefunden", verrate ich ihr und halte das kleine Teil hoch, das ich in einer der Schubladen entdeckt habe, „damit können wir uns ein Feuer machen und das Wasser kochen."

Ein Lächeln umspielt ihre Lippen. „Okay. So langsam machst du mich heiß."

Ich zwinkere ihr zu, schnappe mir eine der wenigen sauberen Schüsseln aus dem Schrank und trete an das Fenster heran. Hülya stellt sich neben mich und zieht die weiße Spitzengardine mit angeekeltem Gesichtsausdruck zur Seite. „So etwas war noch nie hübsch", meint sie, „und jetzt kommt mir das Teil geradezu grotesk vor."

Wir beugen uns gleichzeitig vor und überschauen den Vorgarten bis hin zur Straße, die allmählich in ein gräuliches Abendlicht eintaucht. Leider sehen wir von hier aus keine Pfützen, die tief genug wären, um sie auszuschöpfen.

„Ich gehe um das Haus herum und hole uns etwas aus dem Fischteich", sage ich, den Blick immer noch in den Garten gerichtet.

Sie sieht mich kurz von der Seite an. „Soll ich mitkommen?"

„Nein, bleib hier und halte die Stellung. Es ist kein Infizierter zu sehen. Falls doch einer kommt, schließ das Fenster."

Sie zieht unwillig die Mundwinkel hinunter, widerspricht mir aber ausnahmsweise mal nicht.

Ich schiebe die vertrockneten Pflanzen zur Seite und öffne das Fenster. Dann stemme ich mich auf das Brett und springe raus in ein schlammiges Blumenbeet. Sofort sickert das kalte Wasser in meine Turnschuhe.

„Na super", murre ich, werfe Hülya noch einen letzten absichernden Blick zu und laufe dann an der Hauswand entlang.

KAPITEL 16

HÜLYA

Was mir am meisten Angst macht, sind nicht die Infizierten im Flur oder die, die sich womöglich dort draußen herumtreiben und auf Raik oder mich aufmerksam werden könnten.

Am meisten habe ich Angst davor, dass er verschwindet und nicht wieder zurückkommt. Ich habe panische Angst davor, alleine zu sein. Nicht nur für ein paar Stunden, sondern für immer.

Was, wenn er nicht wiederkommt? Wenn auch Paddy und Chris nicht zurückkommen? Dann bin ich auf mich alleingestellt. Und alleine, das habe ich im Laufe der Jahre gelernt, alleine überlebt niemand.

Das geht vielleicht ein paar Monate gut, vielleicht auch ein Jahr. Aber will man das überhaupt? Will man so leben? Ich denke an Johann zurück, den netten Mann, der mir vor ein paar Tagen auf dem Firmengelände geholfen hat und den Raik leider für einen Irren hielt. Wie lange war er wohl schon alleine? Immerhin hatte er Wasser und Wodka. Aber niemanden, mit dem er sich hätte unterhalten können. Niemanden, der ihm Mut zusprach und ihm sagte, dass alles wieder gut wird.

Ich brauche einen solchen Hoffnungsmacher. Oder ich will selbst diejenige sein, die anderen Hoffnung macht. Aber was ich auf gar keinen Fall, niemals im Leben will, ist allein zu sein.

Allein in dieser Küche, gezwungen mein Pippi zu trinken, nur um dann doch irgendwann an Mangelernährung zu sterben. Oder vor Angst. Oder, weil ich raus gehe und infiziert werde. Nein, das will ich nicht. Und plötzlich verstehe ich meine Eltern ein wenig. Plötzlich weiß ich, warum sie …

„Hey, nicht träumen. Nimm das mal." Beim Klang von Raiks Stimme macht mein Herz einen freudigen Hüpfer. Ich nehme die Schüssel entgegen und trete dann einen Schritt zurück, damit er wieder reinklettern kann. Seine Schuhe hinterlassen schlammige Abdrücke auf den Fliesen. Aber das kann die Küche gar nicht noch mehr entstellen.

Während Raik das Fenster schließt und den Vorhang wieder vorschiebt, stelle ich die Schüssel auf dem Tresen ab und betrachte skeptisch das darin hin und herschwappende Wasser. Es ist so braun, dass ich den Boden der rosa Schüssel nicht sehen kann.

„Sollten wir es vorher sieben oder so?", frage ich zweifelnd.

„Wenn du ein Sieb und eine zweite saubere Schüssel findest, kannst du das gerne machen", meint Raik. Aber alleine sein Ton verrät mir schon, dass die Suche aussichtslos sein wird.

„Und du bist dir sicher, dass wir das trinken können, wenn es gekocht ist?"

Er lächelt. „Vertrau mir. Es wird das Beste sein, das du in den letzten vierundzwanzig Stunden getrunken hast."

Ich erwidere sein Lächeln. „Die Messlatte liegt nicht allzu weit oben. Genauer gesagt, liegt sie zusammen mit meinem Magen in meinen Kniekehlen."

„Gut", meint Raik und schaut sich suchend um. „Jetzt brauchen wir nur noch etwas, das wir verfeuern können."

„Ich wüsste da schon was", antworte ich und deute auf die Spitzenvorhänge.

Raik lacht auf. „Ich hab nicht vor, an einer Rauchvergiftung zu sterben. Ich will nur ein kleines Feuer machen. Räum' schon mal die Spüle frei."

Mit spitzen Fingern ziehe ich die angeschimmelten Teller und Tassen aus der Spüle und stapele sie zu einem Turm des Grauens auf dem Küchentresen auf. Das Klappern und Klirren reizt die Infizierten vor der Tür. Aber inzwischen klopft mein Herz nicht mehr viel schneller, wenn ich sie höre. Ich schenke der Holztür mein vollstes Vertrauen.

In der Zwischenzeit zerreißt Raik die Cornflakespackung und drapiert die Kartonfetzen in der Spüle.

„Hoffentlich reicht das als Zündmaterial aus", murmelt er und läuft dann den kleinen Raum ab, auf der Suche nach brennbarem Holz.

„Alles Pressspanplatten", murrt er. „Billiges Holzimitat. Das geht im Notfall auch. Aber ich suche eher nach …" Er bleibt vor einem der alten Stühle stehen, „nach Erbstücken wie diesen." Zufrieden schauend zerbricht er das Stuhlbein mit einem lauten Krachen über dem Esstisch.

Das Holz stapelt er kegelförmig über dem Karton, dann entzündet er unser kleines Lagerfeuer. Als es aufflackert und den Raum erhellt, gehe ich zum Fenster, um es zu kippen.

Dann stelle ich mich dicht vor die Spüle und reibe meine kalten Hände aneinander.

„Wie romantisch", meine ich grinsend, bevor ich den aufsteigenden Rauch in die Atemwege bekomme und einen nicht enden wollenden Hustenanfall erleide.

„Ja, das ist wohl ein Nachteil", meint Raik, ebenfalls hustend. Aber es dauert zum Glück nicht lange, bis der Rauch sich lichtet und durch den Spalt im Fenster abzieht. Es wäre schon ziemlich blöd gewesen nach allem, was wir überlebt haben, an einer Rauchvergiftung zu sterben.

„Aber das Wasser ist in einer Plastikschüssel, wenn wir die da drüber halten, schmilzt sie doch sofort."

Raik zwinkert mir zu. „Ich hab nicht umsonst einige Jahre meines Lebens im Wald verbracht." Er befördert zwei handtellergroße Steine aus seinen Hosentaschen und legt sie in die entstehende Glut.

„Wir erhitzen die Steine und legen sie danach in das Wasser."

Skeptisch ziehe ich die Augenbrauen hoch. Doch wenige Zeit später staune ich nicht schlecht, als er die Steine mit einer Grillzange in das dreckige Wasser gleiten lässt. Sie zischen, als sie darin einsinken und kaum ein paar Sekunden später ist das Wasser tatsächlich heiß. Wirklich gekocht sieht es zwar nicht aus, aber ich vertraue auf Raiks Erfahrung, als ich es mir an die Lippen führe.

„Bäh", beschwere ich mich, als ich den ersten Schluck genommen habe, „es schmeckt wie Fischtee."

Das Display des Handys erhellt den Raum für wenige Sekunden und lässt unsere Gesichter in einem weißen Licht erleuchten. Noch drei Prozent Akku. Das Handy stößt einen kleinen Warnton aus und rät mir, es aufzuladen. Seufzend stecke ich es zurück in meine Hosentasche. Sofort versinkt der Raum wieder in Dunkelheit. Nur die Glut in der Spüle kämpft noch tapfer gegen das Schwarz der Nacht an.

Ich wünschte, ich könnte Chris einfach anrufen. Ich muss nur wissen, dass er noch lebt. Dann könnte ich weiter warten. Aber diese Ungewissheit macht mich wahnsinnig.

Die Infizierten sind kaum noch zu hören. Aber ich weiß, dass sie noch da sind. Wo sollten sie auch sonst hin? Vielleicht hätten wir ihnen die Haustür öffnen sollen, damit sie den Weg nach draußen finden. So wie ich es damals mit lästigen Fliegen gemacht habe. Aber auch da hat der Trick nicht wie gewünscht funktioniert. Statt einer Fliege brummten danach zwei oder drei um die Wohnzimmerlampe herum.

Allmählich müsste ich mal auf die Toilette. Aber mitten in der Nacht werde ich ganz sicherlich nicht aus dem Fenster klettern und hinter den nächsten Busch pinkeln. Zumindest nicht alleine.

Raiks Stuhl knarzt, als er seine Position darauf verändert. „Im Wohnzimmer war es eindeutig gemütlicher", meint er und ich kann ihm nur zustimmen. Ausgerechnet in dieser ekelerregenden Küche stecken wir fest.

„Wir sollten uns Gedanken darüber machen, was wir tun, wenn die beiden nicht zurückkommen", meint Raik und spricht damit meine Bedenken laut aus. „Wir können nicht ewig hier warten und uns von Teichwasser ernähren. Das geht vielleicht ein paar Tage gut, aber mit jedem Tag werden wir schwächer. Und das können wir uns nicht leisten."

„Ich weiß", murmele ich unbehaglich. Eigentlich möchte ich mir keine Gedanken, über das Wenn und Aber machen. Doch er hat recht.

„Wir sollten uns eine Frist setzen", sage ich deshalb.

„Bis wann?"

Ich beiße mir auf die Lippe, kaue darauf herum, bis ich Blut schmecke. „Zwei Tage?"

Ich kann seine Reaktion in der Dunkelheit nicht erkennen und seine Antwort lässt ein wenig auf sich warten.

„Morgen Vormittag", sagt er schließlich. „Bevor die Sonne das Küchenfenster wieder erreicht hat. Wenn sie bis dahin nicht zurück sind, ist definitiv etwas dazwischen gekommen. So lange sollten sie nicht einmal zu Fuß hier her brauchen."

Mir gefällt sein Vorschlag ganz und gar nicht. Und ich dränge den Gedanken, dass Chris eventuell nicht zurückkommen könnte ganz weit weg.

„Aber was, wenn sie kommen, nachdem wir schon gegangen sind?"

„Wir hinterlassen ihnen eine Nachricht und sagen ihnen, wohin wir unterwegs sind."

„Und wohin sind wir dann unterwegs?"

„Zum Baumhaus. Dort können wir leben. Es verirren sich nicht viele Infizierte in den Wald und ich weiß, wie ich uns ernähren kann."

Ich atme tief ein. „Du und ich? Wir beide alleine?"

Er zögert kurz. „Ja. Es sei denn, du hast Angst. Ich könnte das verstehen. Aber vielleicht … Vielleicht schaffe ich es, ihn unter Kontrolle zu halten. Ansonsten …", er überlegt einen Moment, „ich könnte dich auch zurück ins Schloss bringen. Sie werden dich bestimmt wieder aufnehmen."

Ich lache fast hysterisch und die Infizierten im Flur reagieren sofort darauf. Wieder beginnt das

Kratzen und Schaben an der Tür. „Nein, auf keinen Fall gehe ich zurück da hin."

„Du hast mehrere Jahre dort gelebt und es hat dich nie gestört."

„Damals", sage ich leise, „damals waren sie aber auch noch anders."

Seit gefühlten Ewigkeiten hielt meine Mutter nun schon meine Hand. Die Stellen, an denen sich unsere Haut berührte, waren klebrig und verschwitzt und es fühlte sich schon lange nicht mehr angenehm an. Doch sie ließ mich nicht los. Das hatte sie nie getan. Während die in Tarnkleidung uniformierten Männer und Frauen der Bundeswehr die Menschen vor der sicheren Zone kontrollierten, warteten wir. Mein Vater war weiter nach vorne gegangen, um sich darüber zu informieren, was als Nächstes geschehen würde.

Eigentlich war unser Plan gewesen, aus der Stadt zu verschwinden. Wir wollten zu meiner Tante und meinen Großeltern in die Türkei. Doch sämtliche Autobahnauffahrten und sogar Landstraßen, die aus der Stadt hinausführten waren plötzlich gesperrt worden. Wir hatten es bis nach Siegen geschafft. Das Kinogebäude ragte rechts von uns auf. Und wieder standen wir vor einer Absperrung.

„Das ist ein Albtraum", flüsterte meine Mutter. Über das Gemurmel und Geschrei der anderen Menschen um uns herum, konnte ich sie kaum verstehen. Ihr Griff um meine Hand wurde noch einmal fester, als jemand in uns hineinrempelte. Der Mann mit der Halbglatze taumelte weiter und drehte sich nicht einmal herum, um zu sehen, wen er da angestoßen hatte.

Eine junge, Frau neben uns klammerte sich ängstlich an ihren Freund. Die blonden Haare klebten schweißnass an ihrer Stirn. Besorgt sah ihr Freund zu ihr hinunter, dann trafen sich unsere Blicke.

„Ist sie krank?", fragte jemand neben mir und er schüttelte hektisch den Kopf.

„Nein, nein. Alles gut."

Aber sie wirkte nicht, als wäre alles gut. Im Gegenteil. Von Minute zu Minute wurde sie blasser. Ich ging etwas auf Abstand, falls sie sich gleich übergeben würde.

Meine Mutter legte einen Arm um meine Schulter und zog mich enger an sich heran. Ihre Finger zitterten an meiner Haut.

„Wo bleibt nur dein Vater?", fragte sie und streckte sich, um über die Menschenmenge vor uns blicken zu können.

Meine Füße taten inzwischen höllisch weh. Vom langen Stehen fühlten sie sich ganz plattgedrückt an.

Ein Mann mit schreiendem Baby auf dem Arm drängte sich an uns vorbei und warf dabei einen unserer Koffer um. Als ich mich bückte, um ihn aufzuheben, wurde ich von den nachfolgenden Menschen zu Boden gestoßen.

Sofort half meine Mutter mir wieder auf und wir sahen uns erschrocken um.

„Was ist denn los?", wollte Mama von einem der Vorbeieilenden wissen. Sie musste die Frage dreimal wiederholen, bis endlich jemand kurz stehen blieb, um uns aufzuklären.

„Es geht das Gerücht um, dass sie nur noch eine begrenzte Anzahl von Personen einlassen. In einer Stunde wollen sie die Tore schließen. Wer dann nicht drüben ist, hat Pech gehabt."

Bevor wir noch etwas fragen konnten, drehte der Mann sich um und rannte weiter. Inzwischen hatte die Menge um uns herum, begonnen zu drängen und zu schieben. Mama und ich pressten uns eng aneinander und hielten uns fest.

Ich sah, wie sie immer wieder Ausschau nach Papa hielt. Wie sollte er uns in diesem Chaos wiederfinden?

Dann wurde ich wieder auf die junge Frau neben uns aufmerksam. Sie hatte zu husten begonnen, versuchte es aber zu verstecken, indem sie sich in der Jacke ihres Freundes vergrub. Er hielt ihren Kopf umfasst und murmelte beruhigende Worte in ihre Haare.

ACHTUNG! ACHTUNG!, ertönte es plötzlich aus mehreren Lautsprechern um uns herum.

ES BESTEHT KEIN GRUND ZUR PANIK. BITTE BLEIBEN SIE RUHIG UND LASSEN SIE ZUNÄCHST FRAUEN UND KINDER VOR. ICH WIEDERHOLE: ES BESTEHT KEIN GRUND ZUR PANIK.

„Wer's glaubt, wird selig!", schrie jemand ein paar Reihen hinter uns. Trotz der sich wiederholenden Ansage, drängte die Menge weiter vor. Mir stockte der Atem, als wir gegen die Menschen vor uns geschoben wurden. Versehentlich trat ich jemandem auf die Füße, kam aber nicht dazu, mich bei ihm zu entschuldigen, weil ich schon weitergeschoben wurde.

BITTE BLEIBEN SIE RUHIG!, die Stimme, die durch die Lautsprecher ertönte, widersprach sich in ihrem gehetzten Tonfall selbst. ES BESTEHT KEIN GRUND ZUR PANIK. ICH WIEDERHOLE: ES BESTEHT KEIN GRUND ZUR PANIK.

Je öfter ich die Ansage hörte, desto panischer wurde die Menge um uns herum. Gepäckstücke prallten gegen meine Beine, Ellbogen stießen in meine Rippen. Nur meine Jeans bewahrte meine Waden davor, von dutzenden Schuhsohlen wund getreten zu werden.

„Hülya, bleib dicht bei mir", sagte meine Mutter. „Wir warten auf deinen Vater, dann können wir hier raus."

Aber ich bezweifelte allmählich, dass wir überhaupt noch aus der Masse herauskommen konnten. Selbst, wenn wir gewollt hätten, wir waren inzwischen umzingelt von hunderten Menschen.

„Sina!" Die Stimme des jungen Mannes links von uns klang panisch. „Sina! Steh auf!" Verzweifelt versuchte er seine Freundin, die hustend zu Boden ging, wieder auf die Beine zu ziehen. Doch die Menschen standen so eng um die beiden herum, dass kaum Platz blieb. Seine Freundin verschwand aus meinem Blickfeld, nur ihre Hände, die sich in den Asphalt der Straße krallten, waren noch zwischen den vielen Füßen zu sehen. „Sina, komm schon. Ich helfe dir. Halt dich an mir fest." Immer wieder versuchte er, sie hochzuziehen, zerrte an ihrer Jeansjacke und an ihrem Arm. Kurz bewegte sich die Menge und gab den Blick auf die junge Frau wieder frei. Sie hustete erneut und ein Schwall Blut spritzte auf den Boden.

„Mama", keuchte ich und zupfte an ihrem Ärmel. „Mama, wir müssen weg hier."

Ich machte sie auf die Szene neben uns aufmerksam und sie zog scharf die Luft ein. Wieder sah sie sich um. „Wir müssen erst deinen Vater finden. Wir sollten hier auf ihn warten."

„Aber er wird gar nicht mehr zu uns durchkommen", versuchte ich ihr begreiflich zu machen. „Die Leute stehen viel zu eng. Wir müssen uns an den Rand kämpfen."

Aus einigen Metern Entfernung erklang ein spitzer Schrei. Zunächst der eine, dann fielen noch mehr Menschen in das Geschrei mit ein. Die Masse begann zu wogen. Viele stolperten zurück, drängten uns nun in die entgegengesetzte Richtung.

„Lauft! Lauft!", brüllte ein Mann uns an, doch wir konnten nichts tun. Denn die Menschen, die hinter uns standen, hatten die Lage noch nicht begriffen und schoben uns weiter nach vorne. Ich wurde so dicht an den fremden Mann gepresst, dass mir die Luft wegblieb.

„Sina!", schrie der junge Mann, der nun neben seiner Freundin auf dem Boden kniete. Immer wieder bekam er Tritte von Flüchtenden ab, beugte sich aber trotz allem schützend über die Blondine, die wie tot dalag. Und vielleicht war sie das ja auch.

„Mama", hauchte ich. Meine Lungen wurden so stark zusammengepresst, dass ich nicht viel mehr zustande brachte.

„Geht zurück!", rief meine Mutter und zerrte an mir. „Ihr zerquetscht sie noch. Sie bekommt keine Luft. Geht zurück!"

Endlich schaffte ich es, mich zumindest so weit zu befreien, dass ich wieder frei atmen konnte. Doch gleich im nächsten Moment erklang neben mir ein schmerzerfüllter Schrei und ich sah Blut. Blut an meinen Schuhen, an meinem Hosenbund und an den Händen der jungen Frau, die nach mir griff. Direkt neben ihr lag ihr Freund, erbärmlich röchelnd. Er griff sich an den Hals, aus dem schwallweise das Blut hervorquoll.

Mit jeder Sekunde wurde es mehr und er blasser. Ich versuchte, vor der Blondine zurückzuweichen, die plötzlich wieder sehr lebendig wirkte. Sie fletschte die Zähne und ich stieß einen leisen Schrei aus, als ich das Blut an ihren Lippen sah.

„Weg hier!", rief ich und schubste meine Mutter grob zur Seite. Nach der ersten Überraschung begriff sie schnell, packte meinen Arm und schlängelte sich mit mir gemeinsam durch die Menschenmassen. Schreie wurden laut. Nicht nur hinter uns. Überall um uns herum.

Die Lautsprecherdurchsage war verklungen. Offensichtlich war auch dem letzten Vollidioten nun aufgefallen, dass es keinen Sinn mehr machte, uns weiter zu beruhigen.

Statt nach vorne, zu dem schmalen Durchlass, der nun höchstwahrscheinlich gesperrt war, lotste meine Mutter mich seitwärts, wohl in der Hoffnung, dass die Nebenstraßen frei waren.

Dann ertönten Schüsse hinter uns. Der Anfang vom Ende.

Wir stolperten durch enge Gassen, hielten uns immer am Rand und schauten uns hektisch um. An der Ecke eines Hauses blieben wir stehen und atmeten durch.

„Dein Vater", wiederholte meine Mutter. „Wir müssen deinen Vater finden. Wir können nicht ohne ihn gehen." Ihre Augen zuckten hin und her, tasteten jeden vorbeieilenden Menschen ab. Dann packte sie meine Schultern und sah mir fest in die Augen. „Ich werde ihn suchen. Bleib du hier. Beweg' dich nicht von der Stelle. Ich komme zurück und hole dich."

„Nein!" Flehend hielt ich mich an ihrer Bluse fest. „Bitte geh nicht. Lass mich nicht allein."

Für einen kurzen Moment schien Mama sich darauf zu besinnen und streichelte meine Wange. Dann küsste sie meine Stirn und flüsterte: „Ich komme zurück. Das verspreche ich."

Weinend sah ich ihr hinterher, als sie wieder zurück in das Chaos rannte. Ich umklammerte meinen Oberkörper, versuchte, mir selbst Mut zu machen. Nach und nach zog ich mich in den Schatten zurück, wurde zu einer unwichtigen Randfigur für die flüchtenden Menschen. Niemand beachtete das Mädchen, das dort an der Hauswand hockte und sich nicht rührte. Niemand, bis auf den Infizierten, der sich schleppend auf mich zubewegte.

Ich bemerkte ihn erst, als er mich schon erreicht hatte. Als ich aufsprang, sprang ich ihm fast in die Arme. Im letzten Moment entkam ich seinem klammernden Griff, stolperte aber und schlug mir die Knie auf dem Asphalt auf. Der Infizierte blähte die Nasenlöcher auf, schien den Duft meines Blutes in sich aufzunehmen und fletschte die Zähne. Dann stürzte er sich auf mich. Ich konnte nicht mehr tun, als schreiend die Arme über meinem Kopf zu überkreuzen und auf den unvermeidbaren Tod zu warten.

Doch es passierte nichts und als ich zögernd aufsah, stand dort nicht mehr der Infizierte, sondern eine freundlich lächelnde, alte Dame. Sie neigte den Kopf und strich sich die blutigen Hände an ihrer Schürze sauber. „Keine Angst, meine Süße. Es wird dir nichts mehr passieren." Sie reichte mir die Hand und ich war überrascht, wie stark sie war, dafür, dass sie aussah, als wäre sie schon um die Neunzig Jahre alt.

„Mein Name ist Anna", sagte sie und ihre Stimme klang ungemein beruhigend. „Komm mit. Ich bringe dich in Sicherheit."

„Aber meine Eltern", brachte ich krächzend hervor und sah mich suchend um. Bis auf die Leiche des Typen, der mich eben noch fressen wollte, war niemand mehr zu sehen.

„Wir werden sie finden", versprach sie und ich folgte ihr.

KAPITEL 17

RAIK

Früh am nächsten Morgen schreckt Hülya aus ihrem unruhigen Schlaf hoch. Ich habe die Jalousien bereits wieder hochgezogen, sodass Hülya ein paar Mal blinzelt, bevor sie mich ansieht. Auf ihrer rechten Wange bilden sich rote Flecken, die Abdrücke ihres Unterarms, auf dem sie geschlafen hat.

„Sind sie da?", fragt sie hoffnungsvoll, doch ich muss den Kopf schütteln. „Nein."

Sie zieht das Handy aus der Hosentasche und drückt den Home-Button, doch der Bildschirm bleibt schwarz.

„Akku leer", murmelt sie niedergeschlagen und steckt es wieder ein.

Ich habe das starke Bedürfnis, sie in den Arm zu nehmen, halte mich aber aus irgendeinem Grund zurück. „Wir warten noch ein paar Stunden", versuche ich sie aufzuheitern. „Vielleicht haben sie die

Nacht über irgendwo Pause gemacht und gehen erst jetzt weiter."

Müde nickt sie und reibt sich den Schlaf aus den Augen. Dann versucht sie, ihre Haare zu bändigen, die inzwischen mehr einem Vogelnest ähneln. Ich kann nicht anders, als sie bei ihren Bemühungen, sich zurecht zu machen, zu beobachten. Meine Augen folgen ihren zarten Fingern, die an ihren Schläfen entlang streichen und wie ein Kamm durch die schwarzen Haare streichen. Dann betrachte ich ihre hohen Wangenknochen, über den linken zieht sich ein hellgrüner Fleck, der rechte ist noch mit Schlafmustern übersäht. Ihre Lippen, die Unterlippe etwas dicker als die Oberlippe presst sie zusammen, als ihre Finger in einem Knoten hängen bleiben.

Als ihr Blick meinen trifft, zieht sie fragend eine Augenbraue hoch. „Alles klar?"

Ich nicke schnell. „Ja, ja sicher. Alles klar."

„Hast du gar nicht geschlafen?"

Es ist mir unangenehm, das zuzugeben, aber tatsächlich habe ich nicht eine Minute die Augen zugemacht. Ich war einfach nicht richtig müde. Doch wenn ich ihr das sagen würde, würde sie sich nur Sorgen machen. Deshalb sage ich: „Ein bisschen. Der Stuhl war so unbequem."

„Oh, wem sagst du das?", meint sie und verzieht das Gesicht.

„Soll ich uns nochmal etwas Wasser holen? Du könntest in der Zeit schon mal das Feuer anfachen."

Sie nickt. „Gute Idee. Hol diesmal etwas mehr, dann können wir uns auch damit waschen."

Ich schnappe mir die rosa Schüssel, öffne das Fenster und klettere hinaus. Die Luft ist frisch und erinnert mich ein wenig an den alljährlichen Campingurlaub mit meinen Eltern. Von irgendwoher höre ich eine Eule rufen. Der Laut lässt mich erschrocken innehalten. Eine Eule? Sofort werde ich mit Erinnerungen überschwemmt. Denselben Laut hörte ich, bevor der Vogel mich angriff. Und da war noch etwas. Ein Schatten, der sich von dem Tier löste und sich über mich legte.

„Alles in Ordnung?", fragt Hülya hinter mir. Sie lehnt mit den Unterarmen auf dem Fensterbrett und betrachtet mich besorgt.

Ich nicke schnell und lächele ihr zu. „Ja, klar. Bis gleich."

Schnell laufe ich um das Haus herum und öffne das kleine Holztor, das in den Garten führt. Der Teich ist immer noch übervoll und ich fülle die Schüssel bis zum Rand mit Wasser.

Als ein dumpfes Klopfen erklingt, schrecke ich hoch und schütte mir das kalte Wasser über den Pulli. Alarmiert sehe ich mich um und entdecke hinter dem Wohnzimmerfenster einen Infizierten. Es muss der Familienvater sein, der sich an die Scheibe presst und versucht, zu mir durchzudringen. Ich atme tief ein und aus, versuche meinen Herzschlag wieder zu beruhigen und bücke mich anschließend, um die Schüssel noch einmal zu füllen. Den Pullover muss ich später am Feuer trocknen.

Ein kleines Wasserinsekt schwimmt durch den Teich. Es scheint geradezu darüber zu gleiten. Seine kleinen Beinchen berühren die Oberfläche kaum. Fasziniert beobachte ich das Insekt und genieße einen Moment die trügerische Ruhe. Dieser Garten muss einmal der ganze Stolz seines Besitzers gewesen sein. Im hinteren Teil umgeben von einer niedrigen Natursteinmauer, hier und da ein Obstbaum. Zwischen den Bäumen gammelt eine Hängematte vor sich hin. Und überwuchert von Gras und Unkraut entdecke ich auch einen kleinen Sandkasten.

Der Hobbygärtner scheint immer wütender über mein unerlaubtes Eindringen zu werden. Die Scheibe vibriert unter seinen kräftigen Schlägen. Ich wende ihm den Rücken zu und schaue hinauf in einen der Obstbäume. Bis hier wieder Früchte hängen wird es leider noch einige Monate dauern.

Plötzlich höre ich das Quietschen des Gartentors. Ich fahre herum und erstarre. Zwei Infizierte torkeln auf mich zu. Die beiden Männer sehen nicht mehr allzu frisch aus. Sie müssen zu den ersten gehören, die damals infiziert wurden. Ihre Haut ist grau und porös und der Gestank, der mir entgegenschlägt als der Wind dreht, bestialisch.

Ich weiche zurück, die Wasserschüssel an meinen Bauch gepresst, und sehe mich hektisch im Garten um. Hier muss doch irgendein Werkzeug herumliegen, mit dem ich die beiden ausschalten kann. Einer von ihnen stolpert, ein Krachen sagt mir, dass er sich dabei einen Knöchel gebrochen haben muss. Doch das hält ihn nicht auf. Auf allen Vieren arbeitet er sich weiter zu mir vor. Der andere ist noch etwas sicherer auf den Beinen und dementsprechend schnell überwindet er die Distanz, die uns noch trennt. Ich weiche hinter einen der Bäume zurück und bringe die Hängematte wie eine Schranke zwischen uns. Zum Glück funktionieren die Untoten ähnlich wie aufziehbare Autos. Sie bringen die Strecke zum Ziel zwar hinter sich, aber sind nicht in der Lage, ein Hindernis zu erkennen. Der Infizierte prallt also mit dem Bauch gegen die Hängematte, ignoriert das Hindernis und dehnt die Seile, als er einfach weitergeht. Nach einem Meter ist Schluss und seine Arme rudern suchend vor meinem Gesicht umher.

Seufzend lasse ich die Schüssel fallen und hänge mich an einen der Äste des Obstbaumes, in der Hoffnung, dass der Frühling das Holz noch nicht stark gemacht hat. Es knackt einmal, zweimal, dreimal, während ich an dem Ast baumele und zerre, dann bricht er endlich und ich nutze ihn als eine Art Baseballschläger. Weil das Genick des Untoten ähnlichen porös ist, wie das Holz, knickt sein Kopf zur Seite weg. Aber erledigt ist er deshalb leider noch nicht. Zwar geht sein Stöhnen nun in ein heiseres Röcheln über, aber er versucht immer noch, mich zu erreichen. Also schlage ich noch einmal zu. Die graue Haut an seiner Wange platzt auf und gibt den Blick auf sein unvollständiges Gebiss frei. Noch ein

Schlag und sein Auge ist Brei. Ich beiße die Zähne aufeinander und wiederhole meine Schläge ein ums andere Mal, immer wieder Ausschau haltend nach dem zweiten Infizierten, der wie ein Soldat auf mich zu robbt. Und dann, endlich, scheine ich den richtigen Punkt getroffen und seine letzten Hirnzellen zerstört zu haben. Der Oberkörper der verwesenden Leiche kippt auf die Hängematte und schaukelt dort friedlich vor und zurück.

„Komm schon", knurre ich dem Zweiten entgegen. „Hol dir deine Lektion auch noch ab."

Dadurch, dass dieser Infizierte bereits lädiert ist, brauche ich nicht ganz so viele Schläge, um ihn auszuknocken. Doch ich bin nass geschwitzt, als ich den Ast schließlich fallen lasse und einen Blick in Richtung Wohnzimmerfenster werfe, hinter dem der Familienvater schier auszurasten scheint.

„Ja, tob du ruhig. Dich erwischt es auch irgendwann."

Etwas erschöpft, fülle ich die Schüssel zum dritten Mal mit Wasser und klatsche mir auch direkt selbst ein paar Händevoll davon ins Gesicht. Dann gehe ich zurück zu Hülya.

Doch schon als ich um die Hausecke gehe, kommt sie mir entgegengerannt, die Wangen schwarz von Ruß. Ich bleibe wie angewurzelt stehen und sehe sie erschrocken an.

„Was ist passiert?"

Sie wischt sich mit dem Handrücken über das Gesicht und verteilt noch mehr Asche darauf. „Die Küche brennt."

„Was?" Ich laufe an ihr vorbei, muss aber nicht lange nach der Bestätigung ihrer Worte suchen. Zwar schlagen uns keine Flammen aus dem Küchenfenster entgegen, aber ein beißender schwarzer Rauch.

„Wie ist das passiert?", frage ich, ohne den Blick vom Fenster abzuwenden.

„Die Flammen sind zu hoch geschlagen und haben auf die Hängeschränke übergegriffen. Erst dachte ich, ich bekomme das wieder in den Griff und wollte sie mit dem Spitzenvorhang ausschlagen. Aber das war wohl keine gute Idee." Beschämt sieht sie auf ihre Schuhe und ich muss schon beinahe lachen.

„Meine Güte, da lässt man dich mal für fünf Minuten alleine."

Sie betrachtet meine nass verklebten Haare und die geröteten Wangen. „Du siehst aber auch nicht so aus, als hättest du nur mal gerade Wasser geholt."

Ich ziehe die Mundwinkel hinunter. „Es gab einen kleinen Zwischenfall."

Eine Weile stehen wir da und beobachten, wie das Feuer so groß wird, dass es aus dem Küchenfenster herausflammt. Eine Hitzewelle treibt uns langsam weg vom Grundstück.

„Also, was jetzt?", will Hülya wissen.

Ich sehe in ihre dunklen Augen und lächele. „Wir rufen die Feuerwehr. Ach nein, warte. Der Akku ist ja leer."

183

„Ha ha", meint sie murrend und streckt mir die Zunge heraus.

Im Haus kracht etwas und die Flammen wachsen noch einmal an. Ich straffe die Schultern und sehe die Straße entlang. „Ich würde sagen, wir verschwinden hier. Bevor die Rauchzeichen die untote Nachbarschaftswache anlocken."

Um das Haus tut es uns beiden nicht leid. Wir waren nicht lange genug dort, um eine Beziehung dazu aufzubauen. Doch Hülya sorgt etwas ganz anderes, als wir bereits einige Straßen weiter sind. Über die Dächer der anderen Häuser sehen wir den Rauch in den Himmel steigen.

„Woher sollen Chris und Paddy jetzt wissen, wohin wir gegangen sind?", fragt sie und schaut noch einmal zurück, als würden die beiden nun wie durch ein Wunder am Ende der Straße auftauchen.

„Sie werden es sich denken können", meine ich, doch das beruhigt sie nicht.

„Sie werden denken, du hättest mich getötet. Sie werden denken, du hättest mich umgebracht und dann gemeinsam mit dem Haus abbrennen lassen."

Ich bleibe stehen und neige den Kopf, während ich sie betrachte. „Stimmt. Das wäre naheliegend."

Abwartend sieht sie mich an, doch ich schüttele den Kopf. „Wir gehen auf keinen Fall zurück. Das Haus ist inzwischen im wahrsten Sinne des Wortes zu einem Infizierten-Hot-spot geworden. Es wäre

Wahnsinn, sich noch einmal freiwillig auch nur in die Nähe zu begeben."

Sie greift an ihren Gürtel. „Ich habe ein Messer und für dich finden wir sicher auch noch eine Waffe."

„Du willst mir eine Waffe geben? Bist du sicher?"

Hülya lacht leise und schüttelt den Kopf. „Ob du nun eine Waffe hast oder nicht ist doch egal. Wenn du mich töten wollen würdest, könntest du es einfach mit deinen Händen tun."

Ich weiche ihrem Blick aus und beiße die Zähne aufeinander. „Also gut. Dann lass uns zurückgehen."

KAPITEL 18

HÜLYA

Es ist irre und ich weiß das. Aber ich kann nicht gehen, ohne Chris eine Nachricht zu hinterlassen. Er soll wissen, dass ich noch lebe und dass es mir gutgeht. Wenn es umgekehrt wäre, würde ich mir von ihm auch eine Botschaft wünschen.

Bereits an der nächsten Straßenecke sehen wir sie. Mindestens vier Infizierte wanken in Richtung des brennenden Hauses. Sie sind so darauf fixiert, dass sie uns gar nicht zu bemerken scheinen. Trotzdem halten wir uns im Schatten der Häuser versteckt.

Bevor wir in die gefährliche Zone eindringen, brauchen wir eine brauchbare Waffe für Raik. Aber bis auf Mülltonnen, Büsche und rostende Autos hat die Nachbarschaft nicht viel zu bieten.

Ich scanne alles auf seine Tauglichkeit ab. Regenrohre, Blumentöpfe, Briefkästen. Aber wirklich nichts davon lässt sich umfunktionieren. Frustriert seufze ich auf. Doch Raik lässt sich von mir nicht beirren. Ganz selbstverständlich klettert er auf einen der Vorgartenbäume und hängt sich an einen Ast. Seine Oberarmmuskeln spannen sich unter seinem Shirt, als er an dem Ast vor und zurückschaukelt und sich mit seinem ganzen Gewicht reinhängt.

„Komm mal zu mir rauf und hilf mir", fordert er mich auf. Er rückt ein Stück zur Seite, als ich mich wie ein Äffchen neben ihn hänge. Meine Hände umklammern den feuchten Ast und mit den Füßen schaukele ich vor und zurück, den Schmerz an meinen Rippen ignorierend. Der Ast ist erstaunlich widerstandsfähig, doch irgendwann knackst er und bricht schließlich ab. Wir landen auf den Füßen und ich ducke mich schnell, bevor er mir auf den Kopf krachen kann. Doch Raik hat ihn bereits gepackt und lässt ihn wie einen Baseballschläger vor und zurückschwingen. „Das hat sich heute schon einmal bewährt", meint er achselzuckend und deutet mir an, ihm zu folgen.

Der Anblick, der sich uns vor dem Haus bietet, ist erschreckend. Nicht nur die Flammen, die inzwischen schon aus den Fenstern des Obergeschosses züngeln, sondern auch, wie viele Infizierte dadurch tatsächlich angelockt wurden.

Raik und ich verstecken uns hinter einem Busch beim Haus schräg gegenüber.

„Wie möchtest du deine Botschaft hinterlassen?", fragt Raik mich, als wäre er mein Kellner und wollte nur wissen, wie ich mein Fleisch gerne hätte. „Sollen wir die Leichen wie Buchstaben drapieren? Oder sollen wir ihnen Zeichen in die Stirn ritzen?"

Ich stoße ihm den Ellbogen in die Rippen. „Sei nicht so sarkastisch. Ich ... Ich weiß nicht. Das habe ich mir noch nicht überlegt. Das heißt, eigentlich wollte ich etwas an die Hauswand schreiben, aber von der wird ja bald nicht mehr viel übrig sein."

Ich wünschte, Chris würde einfach gleich hinter uns auftauchen. Ich wünschte, er würde mich an die Schulter tippen und wenn ich mich herumdrehte, würde er mich in die Arme nehmen und fest an sich drücken. Aber natürlich geschieht nichts dergleichen.

Die Hitze, die von dem brennenden Haus ausgeht, lässt uns beide Schwitzen. Die Luft um uns herum flirrt und lässt die umherwankenden Infizierten seltsam verzerrt wirken.

Ich wische mir mit einer Hand über die Stirn und betrachte dann die Rußflecken auf meinem Handrücken. Da kommt mir eine Idee.

„Wir schreiben die Nachricht mit Asche."

„Mit Asche?", hakt Raik zweifelnd nach und betrachtet dabei die meterhohen Flammen. Manche der Infizierten wagen sich so nah an das Feuer heran, dass ihre Haut aufplatzt. Unruhig wandern sie umher, auf der Suche nach den lebenden Individuen, die sich in der Nähe befinden müssen. Auf der Suche nach uns.

„Zwei Fragen", murmelt er, „wie willst du an den Infizierten vorbei? Und wie willst du Asche auftreiben, solange das Haus noch brennt? Denn um eines mal klarzustellen. Ich bleibe nicht hier, bis es auf die Grundmauern abgebrannt ist."

„Ja, ja, schon gut", antworte ich und schüttele seine Bedenken mit einem Handwinken ab. „Ich entwickele gerade einen Masterplan."

„Und der lautet wie?" Immer noch sieht Raik äußerst skeptisch aus.

„Wir nutzen das Feuer aus."

Da er lediglich die Augenbrauen hochzieht, fahre ich fort: „Wir zünden sie an. Wir müssen sie nur eng genug an das Haus herantreiben und mit etwas Glück greift das Feuer auf sie über."

„Und auf uns", brummt Raik.

„Du bist so ein Miesepeter", motze ich. „Der Plan ist halt noch nicht ganz ausgereift."

Für ein paar Sekunden bleiben wir beide stumm und starren auf das skurrile Bild, das sich uns bietet. Ein paar der Infizierten sind tatsächlich schon so nahe an die Flammen herangegangen, dass sie Feuer gefangen haben. Als lebende Fackeln taumeln sie umher.

„Vielleicht müssen wir doch einfach nur warten", überlege ich, aber Raik nimmt mir meine Hoffnung.

„Na klar", entgegnet er sarkastisch. „Das sind bald an die hundert wandelnde Leichen. Und minütlich kommen neue hinzu. Das Haus wird nicht lange genug brennen, damit alle genug Gelegenheit bekommen, hineinzurennen."

„Also gut." Ich atme tief ein, was ich im nächsten Moment bereue, weil der Rauch in unsere Richtung zieht. Tränen steigen mir in die Augen, als ich versuche, nicht allzu laut zu husten. „Gib mir deinen Stock."

„Wofür?"

„Fackellauf."

„Bitte was?" Raik sieht mich entgeistert an. „Das kann nicht dein Ernst sein."

Ich nicke entschlossen. „Und wie das mein Ernst ist. Ich gehe nicht, ohne Chris eine Nachricht zu hinterlassen."

Ich muss Raik den Stock schon fast entreißen. Immer noch sieht er mich fragend an. „Was hast du vor?"

Und bevor er reagieren kann, werfe ich ihm mein Messer vor die Füße, springe auf und renne los.

„Hülya!" Raiks Rufen verklingt hinter mir, als ich an den ersten Infizierten vorbeiflitze. Stöhnend schwanken sie zu mir herum, strecken die Arme aus und reißen ihre Münder auf. Aber ich besitze zwei entscheidende Vorteile: Ich bin schneller und ich habe ein funktionierendes Gehirn.

Je näher ich dem Haus komme, desto schmerzhafter glüht die Hitze auf meiner Haut. Ich bekomme kaum Luft, was nicht nur am Rauch liegt, sondern auch daran, dass es sich anfühlt, als würde das Feuer der Luft den Sauerstoff entziehen.

Ein Blick über die Schulter verrät mir, dass die meisten Infizierten mich bemerkt haben. Ich renne noch weiter, bis wenige Meter vor das Haus. Ab diesem Punkt komme ich nicht weiter ohne ernsthafte Verbrennungen davonzutragen. Unter Schmerzen arbeite ich mich bis zu einem Rhododendron-Busch vor, auf den die Flammen übergesprungen sind. Mit nervösen Blicken hin zu den Infizierten halte ich den Stock in das Feuer und versuche, ihn zu entzünden. Ewig lange passiert nichts. Er scheint zu feucht zu sein. Und gerade, als er anfängt zu knistern, hat der erste Infizierte mich erreicht. Bevor er nach mir greifen kann, springe ich um den Busch herum und versuche es erneut. Mit seinem rechten Arm streift der Untote an den Flammen entlang. Sie züngeln an seinem zerfetzten Leinenhemd hoch und brennen eine schwarze Spur in seine Haut. Aber er scheint es nicht einmal zu bemerken. Er streckt die Hände nach mir aus und ich ducke mich, um seiner Umarmung zu entgehen. Da packt ein Zweiter nach meinem Arm. Er war so schnell hinter mir aufgetaucht, dass ich ihn nicht bemerkt habe.

Und dann, endlich, flammt mein Stock auf. Ich reiße die Fackel aus dem Busch, drehe mich im Griff des Infizierten und ramme ihm den Feuerstab in den Hals. Gurgelnd und röchelnd taumelt er zurück und geht in die Knie und ich nutze die Chance um das Holz erneut zu entzünden. Diesmal geht es schneller und ich will keine Zeit mehr verlieren.

So schnell ich kann sprinte ich los, weiche den Händen der Untoten aus. Wie ein Kaninchen springe ich von links nach rechts und wieder zurück. Es klapp gut. Es klappt richtig gut. Bis ich einem von ihnen direkt in die Arme springe. Sein Griff ist so fest, dass mir vor Schreck die Fackel aus der Hand fällt. Dabei ist es bis zu dem Busch hinter dem Raik sitzen müsste gar nicht mehr weit. Doch, als ich aufschaue, ist Raik weg.

Für eine Sekunde bin ich so geschockt, dass ich es nicht schaffe, mich zu wehren. Der Infizierte hingegen zögert nicht. Sein weit aufgerissener Mund nähert sich meinem Gesicht. Und mein letzter Gedanke ist: *Ich werde ein gesichtsloser Zombie sein.*

Dann blitzt etwas in seiner Kehle auf und Blut spritzt mir entgegen. Ich presse die Lippen aufeinander und schließe die Augen, damit nichts davon in mich eindringen kann. Dann löst sich der Griff um meine Arme und ich atme befreit auf.

Doch nur für eine Sekunde, dann packt erneut eine Hand nach mir.

„Verdammt! Mach die Augen auf und lauf!", schreit Raik mich an. Ich zucke vor ihm zurück, als ich seinen Blick bemerke. Seine Augen sind wieder schwärzer als gewöhnlich, doch er scheint noch er selbst zu sein. Also folge ich seiner Anweisung und renne hinter ihm her.

Während ich laufe, ziehe ich den glühenden Stock wie Straßenkreide über den Asphalt und hinterlasse eine blasse Rußspur. Ich hoffe, dass Chris das als erster Hinweis ausreicht. Die Spur verläuft im Zickzack, weil uns immer wieder neue Infizierte in die Quere kommen. Aber irgendwann sind wir aus dem größten Gefahrenbereich heraus.

Raik sticht die vereinzelten Untoten, die uns hinterherkommen schnell und präzise ab. Es ist schockierend, wie geschickt er im Umgang mit dem Messer ist. Dann stampft er wütend auf mich zu. Die flache Seite der Klinge drückt sich kalt in meine Haut, als er nach meinen Oberarmen greift und mich grob schüttelt.

„Scheiße, was war das denn? Seit wann bist du so dumm?"

„Es tut mir leid", versuche ich mich zu rechtfertigen, „aber es musste sein."

Er hört auf, mich zu schütteln, aber seine Finger bohren sich schmerzhaft in mein Fleisch. Und mein Herz schlägt schneller, als ich in seine fast schwarzen Augen sehe.

„Ist bei dir alles in Ordnung?"

Da ertönt plötzlich eine bekannte Stimme rechts von uns. „Nimm deine dreckigen Finger von ihr!"

Wir fahren beide herum und bleiben dann wie erstarrt stehen. Dort ist er. Chris. Und Paddy. Und neben ihnen ein Mädchen. Ich kann ihr Alter schlecht einschätzen. Vielleicht ist sie so alt wie ich. Aber ihre Augen… Ihre dunklen Augen wirken älter. Ihre Haut ist blass und von unzähligen Sommersprossen bedeckt. Die langen, dunkelbraunen Haare umrahmen ihr Gesicht wie ein Gemälde. Aber so faszinierend ihr Anblick auch ist, ich starre an ihr vorbei auf die vier Infizierten, die sich kegelförmig schräg hinter ihr formatiert haben.

Ich öffne den Mund, um sie und meine Freunde zu warnen, doch dann begreife ich, dass sie es wissen. Und ich bemerke, wie ruhig die Infizierten da stehen. Ihre Arme hängen schlaff herab. Ihr Blick ist auf den Boden vor ihren Füßen gerichtet. Die vier Männer scheinen wie hypnotisiert zu sein.

„Mila", sage ich stattdessen und sie nickt.

Chris' Blick ist immer noch auf Raik gerichtet.

„Was hat er denn getan?", grollt er wütend.

Ich schüttele den Kopf. „Nichts. Wirklich. Er hat es unter Kontrolle."

Und genau in diesem Moment stürmt Raik an mir vorbei und rammt Mila das Messer ins Herz.

KAPITEL 19

RAIK

In der Sekunde, in der die Klinge ihr Fleisch durchbohrt, werde ich wieder Herr meiner Sinne. Als hätte diese Tat das Schattenwesen sämtliche Kraft gekostet. Ich schaue auf und sehe der Fremden in die Augen. Der Fremden, die ich gerade erstochen habe. Ihr Blick ist ruhig, fast schon unheimlich. Ihr linker Mundwinkel zuckt, als Blut an der Klinge entlang auf meine Hand tropft.

Bestürzt trete ich zurück und lasse den Griff los. Dann rammt etwas seitlich in mich hinein und ich stürze zu Boden.

Chris hockt auf meiner Brust. Seine Lippen sind zu einem schmalen Strich zusammengepresst. Dann schlägt er zu. Beim dritten Schlag bricht mein Nasenrücken. Ich stöhne gequält auf, versuche, ihn von mir herunterzuschieben. Doch erst, als Paddy ihn unter den Achseln packt und von mir los reißt, lässt er locker.

„Alter, beruhig dich mal", meint Paddy, als Chris ihn wegschubst und schnaubend wie ein wilder Stier vor mir steht.

Blut läuft meinen Rachen hinab und ich schlucke es würgend hinunter. Aber das ist mir egal. Ich hab es verdient und meine einzige Sorge gilt dem Mädchen, das ich gerade getötet habe.

Oder nicht? Denn als mein Blick zu ihr hinübergleitet, steht sie immer noch aufrecht, das blutige Messer in den Händen haltend.

„Was zum Teufel…" Hülya starrt sie genauso geschockt an, wie ich. Sämtliche Farbe ist aus ihrem Gesicht gewichen. Paddy lacht auf. „Ah, ich liebe diesen Moment. Es ist immer wieder göttlich."

„Halt die Klappe", murrt Mila, denn um niemand anderen kann es sich handeln, „das tat echt sauweh."

„Was bist du?", frage ich atemlos.

Sie lächelt und deutet auf mich. „Die Frage ist: Was bist *du*?"

Paddy verdreht genervt die Augen. „Sie liebt den *König der Löwen*. Und ich sage dir, der blaue Pavian ist nicht mal halb so irre wie sie."

Inzwischen verstehe ich gar nichts mehr. Es ist, als würden alle in einer fremden Sprache sprechen. Langsam richte ich mich wieder auf und betaste meine lädierte Nase.

Mila kommt näher. Ich schaue zögernd an ihr hoch. Von ihren Lederstiefeln über die Röhrenjeans, bis zu dem Kapuzenpullover ist sie komplett in

Schwarz gekleidet. Sie reicht mir eine Hand und hilft mir aufzustehen. Dann lächelt sie mich an.

„Hallo Marek."

Verwirrt schüttele ich den Kopf. „Ich bin Raik."

Ihr Lächeln vertieft sich. „Ich spreche nicht mit dir. Ich spreche mit ihm." Sie nickt mir zu. Und dann begreife ich, dass sie das Ding in mir drin meint.

„Ist das sein Name?", frage ich und spüre in mich hinein. Der Alien ... Marek ... rührt sich nicht. Vielleicht ist er nicht mehr da. Vielleicht hat er geahnt, dass seine Zeit nun gekommen ist.

Sie tätschelt meine Schulter und wendet sich von mir ab. „Können wir dann?"

Bevor ich etwas sagen kann, hebt Hülya fragend die Schultern. „Was passiert denn jetzt? Ich .. oh Gott, du wurdest abgestochen. Da stehen vier Infizierte hinter dir. Was ... Argh!" Sie rauft sich die Haare und sieht von einem zum anderen. Ich kann ihre Gefühle gerade sehr gut nachempfinden.

Chris nimmt ihre Hand und zieht sie mit sich. „Ich erkläre dir gleich alles."

Wir spazieren über die Straße, als wären wir ein paar Freunde an einem langweiligen Samstagnachmittag und keine Überlebenskämpfer zu Apokalypsezeiten. Nervös beobachte ich die Infizierten, die Mila schlurfend folgen. Ein wenig hege ich die Befürchtung, dass sie jeden Moment aus ihrer Starre erwachen und auf uns losgehen könnten. Doch sie sehen uns nicht einmal an.

„Mach dir keine Sorgen um sie", meint Mila, als sie meinen Blick bemerkt. „Sie werden euch nichts tun. Im Gegenteil. Sie dienen unserem Schutz."

Sie lächelt zu den Vieren hinüber, als wären sie alte Freunde. Irritiert schüttele ich den Kopf und betrachte den blutigen Fleck, direkt über Milas Herz.

„Es tut mir leid, dass ich…", beginne ich, unterbreche mich dann aber, weil alle Worte der Entschuldigung absolut banal und ungenügend klingen. Immerhin ist es nicht so, als hätte ich ihr versehentlich ein Bein gestellt. Ich habe sie erstochen. Und wenn sie nicht das wäre, das sie ist, wäre sie nun tot.

„Schon gut." Sie winkt ab und streicht sich eine braune Haarsträhne hinter das Ohr. „Ist nicht das erste Mal, dass das jemand versucht hat."

Es beginnt wieder leicht zu regnen. Und der Regen verstärkt den rauchigen Geruch meiner Kleidung. Wie das nasse Fell eines Hundes. Während alle anderen sich ihre Kapuzen aufsetzen und die Schultern hochziehen, scheint es Mila kein bisschen zu stören, dass ihr die Haare in Strähnen herabhängen und die Tropfen von ihrer Stirn auf ihre Wangen perlen. Sie kneift nicht einmal die Augen zusammen. Als würde sie den Regen gar nicht bemerken.

Obwohl sie auf den ersten Blick wie ein hübsches, junges Mädchen wirkt, merkt man bei genauerem Hinsehen, dass sie anders ist. Man könnte meinen, es wären Ruhe und Gelassenheit, die sie aus-

strahlt. Aber ich glaube, es ist etwas anderes. Gleich-
gültigkeit. Und auch, wenn sie Witze und Sticheleien
mit Paddy austauscht, fehlt etwas. Das Lächeln, das
um ihre Lippen spielt, erreicht ihre Augen nicht. Sie
wirkt beinahe so tot, wie die Leichen, die hinter ihr
wandeln.

Ein Schauer läuft mir den Rücken hinab. Wird
man so, wenn die Schattenwesen vollends Besitz von
ihrem Wirt ergriffen haben? Ist es vielleicht gar nicht
Mila, mit der ich spreche, sondern Dante?

Paddy meinte, er würde den Unterschied bemerken. Aber ist er sich da ganz sicher?

Nach einer Stunde Fußmarsch haben wir die Tiefgarage in der Siegener Oberstadt erreicht. Allmählich
werde ich nervös, denn es wird nicht mehr lange
dauern, bis Mila mich von meinem ungebetenen
Gast befreien wird. Ich habe keine Ahnung, wie sie
das bewerkstelligen will und dieses Unwissen macht
es mir nicht unbedingt leichter.

Paddy öffnet die Tür zum Bunker, die Hülya und
Chris offenbar unverschlossen zurückgelassen haben
und zögernd betrete ich den kahlen Vorraum. Auf
unseren Wunsch hin, lässt Mila die Infizierten vor
der Tür warten.

„Ich würde sagen, wir halten uns hier nicht länger
als nötig auf", meint Mila. Ohne eine Miene zu verziehen, betrachtet sie die Blutflecke an den Wänden
und auf dem gekachelten Boden. „Ich finde es hier
etwas ungemütlich."

„Nur bis wir beide Handys vollständig aufgeladen haben", stimmt Paddy zu und verschwindet im Nebenraum.

„Also bringen wir es so schnell wie möglich hinter uns, ja?" Chris scheint sich beinahe schon auf meine Exorzierung zu freuen. „Wie machen wir es? Und vor allem: Wie töten wir das Biest?"

Hülyas Blick zuckt zu mir herüber. Seit dem Mordversuch an Mila, hatten wir keine Gelegenheit mehr uns zu unterhalten. Aber ich weiß, dass ich ihr Vertrauen missbraucht habe. Sie hat sich für mich eingesetzt, hat im wahrsten Sinne des Wortes ihre Hand für mich ins Feuer gelegt und ich habe sie enttäuscht.

„Hol einen Stuhl", weist Mila Chris an und er kommt ihrer Aufforderung nur zu gerne nach.

„Stell ihn dort auf", sagt sie, als er mit dem Bürostuhl zurückkommt und nickt in die Mitte des Raumes. Dann sieht sie mich an. „Setz dich." Wieder spielt ein Lächeln um ihre Lippen. Noch vor einigen Jahren hätte ich es als freundlich empfunden, aber jetzt kommt es mir vor, als würde ich mich zu meiner eigenen Hinrichtung begeben. Trotzdem folge ich ihrer Anweisung und nehme auf dem Stuhl platz.

Doch als Paddy mit einem langen Kabel in den Händen zu uns kommt, runzele ich die Stirn. Hülya tut es mir gleich und fragt: „Was wird das?"

Mila wirft ihr dasselbe Lächeln zu, mit dem sie auch mich bedacht hat. „Das muss leider sein. Du wirst gleich sehen, warum."

Meine Brust hebt sich, als ich tief einatme, um mich selbst zu beruhigen. Paddy verbindet mir die Hände mit dem Kabel hinter der Rückenlehne des Stuhls. Dann tritt er einen Schritt von mir weg und hebt den Daumen. „Bis bald, Alter."

„Was?" Verwirrt sehe ich von ihm zu Mila und ziehe erschrocken die Luft ein, als ich in ihre Augen blicke. Sie sind pechschwarz und als ich genauer hinsehe, bemerke ich die Schatten, die sich dahinter bewegen.

Langsam tritt sie näher an mich heran. Ihre Lippen bewegen sich, doch die Worte, die sie spricht, kann ich nicht verstehen. Sind es überhaupt Worte? Sie hallen in meinem Kopf nach, scheinen mich vollständig auszufüllen, zu durchforsten. Ein Kribbeln breitet sich in meinen Gliedern aus. Meine Brust wird eng, das Atmen fällt mir schwer. Etwas in mir windet sich, wehrt sich gegen die fremden Laute. Milas Stimme klingt verzerrt, wie eine Kassette, die hängen bleibt und denselben Ton im Milisekundentakt wiederholt.

Im einen Moment sind Paddy, Hülya und Chris noch da, beobachten mich. Im nächsten gibt es nur noch Mila und mich in tiefschwarzer Nacht.

Ihr blasses, von Sommersprossen gezeichnetes Gesicht wirkt wie das eines Geistes. Und als sie zurücktritt, bleibt ihr Schatten bestehen. Er wabert vor ihr durch die Luft und nun ist es seine Stimme, die ich höre. Tief und beruhigend.

„Raik. Lass los. Lass ihn frei."

Meine verkrampften Finger entspannen sich, machen einem tauben Gefühl platz. Und plötzlich bin nicht mehr ich es, der meinen Körper kontrolliert. Ich bin ein Zaungast am Rande meines Bewusstseins.

KAPITEL 20

MAREK

„Lange nicht mehr gesehen, mein Freund", knurre ich und muss mich erst an das Gefühl der fremden Lippen gewöhnen. Genauso wie an das Gefühl, das sein Herzschlag gegen seine Brust verursacht. Es wäre mir ein leichtes, dieses Herz zum Stillstand zu bringen. Doch ich brauche seinen Körper noch. Noch habe ich nicht erreicht, weshalb ich gekommen bin.

„In der Tat", antwortet Dante ruhig. Vor mir manifestiert sich seine Gestalt zu dem Trugbild, das er für die Menschen geschaffen hat. Als wolle er mich verhöhnen. Denn ich weiß, dass nur ich ihn im Augenblick sehen kann. Für alle anderen sieht es aus, als würden sich ein schwaches Mädchen und ein gefesselter Junge miteinander unterhalten. Aber vielleicht spüren sie die Wellen der Macht, die von unseren Geistern ausgehen.

Dante tritt näher, betrachtet mich ausgiebig. „Du bist schwach", stellt er schließlich nüchtern fest.

Ein Grollen bildet sich in meinem Hals. „Das habe ich dir und der unbrauchbaren Trägerin zu verdanken, zu der du dich so hingezogen fühlst."

„Und nun willst du Rache nehmen." Er klingt wenig überrascht. Als hätte er schon lange gewusst, dass ich zurück bin.

„Ich will mehr als das", korrigiere ich ihn. „Ich will alles."

Ein amüsiertes Zucken seiner Lippen ist seine einzige Reaktion.

„Du wagst es, dich über mich lustig zu machen?", zische ich.

„Nun", er beugt sich weit vor, um mir ins Gesicht zu sehen. „Du steckst im Körper eines achtzehnjährigen Jungen fest, der an einen Stuhl gefesselt ist. Ich würde sagen, du bist weit vom geplanten Weg abgekommen, nicht wahr?"

Diesmal bin ich es, der lacht. „Oh, das macht nichts. Ich bin dir trotzdem noch überlegen, denn du hast einen entscheidenden Nachteil. Du hast Gefühl entwickelt und steckst im Körper eines emotionsgeladenen Mädchens. Du wirst mich nicht töten. Nicht solange ich in diesem Körper bin. Und du wirst mich nicht hier hinausbekommen."

Für einen Moment scheine ich ihn getroffen zu haben, doch er fängt sich schnell wieder, richtet sich gerade auf und verschränkt die Arme vor der Brust.

„Das habe ich auch gar nicht vor."

Ich runzele die Stirn und starre ihn konzentriert an. „Was dann?"

Blitzschnell stürzt er vor und presst seine Hand gegen meine Brust. Ich schnappe nach Luft, kämpfe gegen den Druck an, den er verursacht.

Zwischen zusammengebissenen Zähnen knurrt er: „Ich werde dich darin einsperren."

„Nein!" Ich brülle, winde mich, kämpfe gegen ihn an, doch ich bin noch nicht stark genug. In wiederkehrenden Wellen schiebt er mich zurück in mein Versteck. Allmählich verliere ich die Kontrolle über den Körper des Jungen. Er erschlafft unter mir, fällt zurück in den Stuhl und als er das Bewusstsein verliert, wird es auch um mich herum schwarz.

KAPITEL 21

HÜLYA

Entsetzt beobachte ich die Szene, sehe wie Mila schwer atmend über Raik steht. Ihre Schultern heben und senken sich, die Haare hängen ihr schweißnass ins Gesicht. Und als sie sich aufrichtet, taumelt sie zurück, fällt beinahe. Doch Paddy fängt sie auf, stützt sie und hilft ihr, sich auf den Fliesen niederzulassen. Sie lehnt den Kopf zurück gegen die Wand und schließt die Augen, immer noch außer Atem.

„Was hast du getan?", flüstere ich und wende mich wieder Raik zu, der bewusstlos in seinem Stuhl hängt. Das Kinn liegt auf seiner Brust und die Schultern sind so weit zurückgedehnt, dass es mir schon beim Zusehen wehtut. „Was hast du getan?", wiederhole ich nun etwas lauter.

„Hey", antwortet Paddy und wirft mir einen genervten Blick zu. „Lass sie erst mal wieder zu Atem kommen."

Ich raufe mir die Haare mit beiden Händen und schüttele den Kopf. „Habe ich das richtig verstanden? Du hast das Ding, diesen Marek, in ihm eingesperrt? Wieso? Was soll das bringen?"

Auch Chris hat die Stirn in Falten gezogen. Er wirkt plötzlich unsicher, tritt einen Schritt an mich heran und scheint zu überlegen, wem er in diesem Raum noch vertrauen kann.

Die Szene, die wir gerade eben beobachtet haben, war skurril, unheimlich und wirklich nicht von dieser Welt. Zwar waren es die ganze Zeit Mila und Raik, die miteinander gesprochen haben. Aber gleichzeitig waren sie es auch nicht. Der Hass, den ich in Raiks Gesicht, in jedem seiner Worte gespürt habe, hat mir schier das Herz zugeschnürt.

„Wir brauchen ihn noch", antwortet Mila endlich auf meine Frage. Ihre Stimme klingt zitternd und schwach. Gar nicht mehr so, wie noch vor ein paar Sekunden.

Endlich kann sich auch Chris aus seiner Starre reißen. „Ist das dein Ernst? Wir sollen weiter mit dem Alien zusammenleben? Wie soll das gehen? Er wollte Hülya töten, hat es auch bei dir versucht. Wer ist als nächstes dran? Und wie oft können wir das noch verhindern?"

Mila hebt eine Hand, um ihn zu unterbrechen und lässt sich dann von Paddy auf die Füße helfen. Obwohl sie immer noch am ganzen Körper zittert, streckt sie die Schultern durch und spricht mit klarer Stimme: „Dante hat ihn in eine Ecke von Raiks Unterbewusstsein verbannt, aus der er sich nicht alleine befreien kann. Er wird nur zum Vorschein kommen, wenn wir es von ihm verlangen."

Ich schüttele den Kopf. „Ich weiß nicht. Es ist Raiks Körper. Du kannst … ich meine, ihr könnt nicht einfach so darüber bestimmen. Er wird garantiert nicht begeistert sein."

„Er wird es verstehen", sagt Mila. Für sie scheint die Unterhaltung damit beendet, denn sie wendet sich ab und geht auf das anliegende Zimmer zu. An der Tür bleibt sie kurz stehen und hält sich schwankend am Rahmen fest. Dann atmet sie tief durch und geht weiter.

Ich sehe Paddys besorgten Blick und frage mich, wie viele von seinen Sticheleien und Witzen gegenüber Mila tatsächlich ernst gemeint sind. Als er merkt, dass ich ihn beobachte, setzt er schnell ein Grinsen auf. „Das war der Hammer, oder?"

„Kommt drauf an, was du mit Hammer meinst", entgegne ich. „Hammergruselig? Ja. Hammerabartig? Ja. Hammerfies? Ja."

Er winkt lachend ab. „Kommt. Ich gebe eine Runde Sauerkraut aus."

Chris sieht mich abwartend ab, die Hand an meinen Oberarm gelegt, doch ich schüttele den Kopf. „Ich will jetzt erst mal nicht mit ihnen in einem Raum sein", sage ich leise. „Geh du mit. Ich bleibe hier und warte, bis Raik aufwacht."

Seine Hand rutscht bis zu meinem Ellbogen hinab, sein Blick gleitet zu Raik hinüber. „Ich bin mir nicht sicher, inwieweit wir Mila trauen können."

Ich nicke. „Ich auch nicht. Aber dafür traue ich Raik, auch wenn du es nicht tust."

Chris sieht mich lange an. Er scheint etwas in meinen Augen zu suchen und bei dem Gedanken daran, dass er noch nichts von Raiks und meinem Kuss weiß, senke ich schnell den Blick.

Schließlich seufzt er leise. „Also gut. Ich bin ja nicht allzu weit entfernt."

Er lässt meinen Ellbogen los und verlässt den Raum, sodass ich nun mit Raik alleine bin. Ich knie mich neben seinen Stuhl und fummele an den Kabeln herum, die seine Hände immer noch hinter dem Stuhl zusammenhalten. Als ich sie löse, kippt er ganz nach vorne und fällt beinahe vom Stuhl. Schnell fange ich ihn auf und schiebe ihn wieder zurück, versuche seinen Kopf in eine bequemere Position zu bringen. Als meine Hände seine Wangen berühren, öffnet er plötzlich die Augen.

Für einen Moment bin ich wie erstarrt, traue mich nicht, mich zu bewegen. Dann erscheint ein mattes Lächeln auf seinem Gesicht.

„Ist er weg? Haben wir es geschafft?"

„Ich…" Ich zögere, weiß nicht, wie ich ihm die grausame Wahrheit beibringen soll, lasse die Hände sinken und kaue auf meiner Unterlippe herum.

Stöhnend reibt Raik sich über die Schläfen. „Gott, mein Kopf schmerzt, als hätte jemand mit einem Hammer draufgeschlagen."

Seine Handgelenke sind an den Stellen, an denen das Kabel lag, wieder aufgerissen, teilweise blutig. Ich nehme eine seiner Hände in meine und inspiziere die Wunde. „Da müsste Creme drauf. Ich schau mal, ob Paddy welche hier hat."

Gerade will ich aufstehen, da hält Raik mich fest. Ich sehe ihn überrascht an, sein Blick ist ernst.

„Er ist noch da, oder?"

Ich schlucke, zwinge mich, nicht wegzusehen, dann nicke ich langsam. „Ja."

Er schnaubt und lässt mich los. „Warum?"

„Sie sagt, sie brauchen ihn noch."

„Aber wofür?"

Hilflos ziehe ich die Schultern hoch. „Das weiß ich nicht. Aber sie wird es dir erklären."

„Na, auf die Erklärung bin ich gespannt." Er springt auf, schwankt kurz, schüttelt meine helfende Hand aber sofort ab und marschiert in den angrenzenden Raum. Ich folge ihm schnell und hebe beruhigend die Hände, als Chris alarmiert nach seinem Messer greift.

Raik bleibt dicht vor Mila stehen, die auf der Pritsche sitzt und zu ihm aufschaut.

„Warum?", knurrt er. „Warum hast du ihn nicht getötet?"

Sie bleibt vollkommen ruhig, lässt sich von seinen bebenden Schultern und angespannten Muskeln nicht beeindrucken. „Er muss uns noch ein paar Fragen beantworten."

„Und die wären?"

Paddy streckt ihm eine Dose Sauerkraut entgegen. Mit vollem Mund meint er: „Komm erst mal wieder runter von deinem Trip. Hier. Sauerkraut hilft immer. Du musst nur gegen den Würgereflex ankämpfen, dann geht's."

Wütend schlägt Raik ihm die Dose aus der Hand, sodass der Inhalt sich wie spritzende Gedärme über den Boden verteilt. „Ich hab keinen Bock mehr auf eure Hinhaltetaktik und die dummen Sprüche. Sagt mir endlich, was los ist und warum ihr meint, ihr könntet mit meinem Körper spielen."

Chris schnalzt mit der Zunge. „Endlich sind wir Zwei mal einer Meinung."

Mila zupft sich ungerührt die Reste des Sauerkrauts von der Hose und seufzt dann ergeben. „Also gut. Es tut mir leid. Ihr müsst wissen, dass wir schon ziemlich lange nicht mehr mit anderen Menschen zu tun haben und ich glaube, so langsam verlerne ich den sozialen Umgang mit ihnen."

Sie rückt ein Stück zur Seite und klopft auf die Matratze, doch Raik ignoriert ihre Aufforderung. Schulterzuckend fährt sie fort.

„Zu Beginn unserer Reise", sie schaut kurz zu Paddy hinüber, der mit verschränkten Armen an den Tisch gelehnt dasteht, „ging es mir nur um Rache. Ich war so wütend. Und über diese Wut habe ich fast jegliches Mitgefühl verloren. Seltsamerweise war es ausgerechnet Dante, der mir meine menschliche Seite wieder näherbrachte. Und als ich mich endlich wieder unter Kontrolle hatte, begriff ich, dass es hier um mehr gehen muss, als bloß um Rache." Sie schweigt kurz, betrachtet ihre blasse Hand, die auf dem schwarzen Jeansstoff liegt, als handele es sich um einen Fremdkörper. „Die Welt ist noch nicht verloren. Und wenn wir sie retten wollen, müssen wir nicht das Problem bekämpfen, sondern die Ursache."

Sie schaut zu Raik auf, der stumm darauf wartet, dass sie weiterspricht.

„Die Kapseln", erklärt sie. „In Kreuztal begann es mit einer, welche fälschlicherweise für eine Fliegerbombe gehalten wurde. Wir wollten sie schon damals zerstören, aber sie war verschwunden. Und uns wurde gesagt, sie wäre bereits unschädlich gemacht. Vor ein paar Monaten fanden wir heraus, dass das nicht stimmte. Wir haben sie gefunden und endlich zerstört. Aber von ihrer Sorte gibt es noch so viele mehr. Und solange sie auf dieser Erde existieren, werden wir das Virus niemals bekämpfen können. Es wird sich immer wieder neu ausbreiten, neue Menschen infizieren und mehr Tote bringen."

„Also sucht ihr die Kapseln", schlussfolgert Raik tonlos.

Mila nickt. „Und Marek weiß, wo sie sich befinden."

Raik schließt kurz die Augen, scheint in sich hineinzuhorchen. Ob er den Alien wohl noch spürt?

Oder hat Mila ihn so weit weggeschlossen, dass er keine Verbindung mehr zu ihm aufnehmen kann?

„Als ihr mich mit dem Signal auf den Friedhof gelockt habt", sagt Raik, „da wusstet ihr schon, dass es Marek ist, der von mir Besitz ergriffen hat, oder?"

Wieder nickt sie. „Marek und ich, wir haben eine Vorgeschichte. Ich habe ihn getötet. Zumindest dachte ich das, bis Dante ihn plötzlich wieder in unserer Nähe spürte. Also haben wir die Falle gelegt."

Ich ziehe die Stirn in Falten. „Und was ist dann mit dir passiert? Wo warst du?"

Sie lächelt mich kurz an, doch diese Geste scheint mehr einstudiert als ehrlich gemeint. „Es gab ein Problem." Sie schaut zu Paddy hinüber, der besorgt die Augenbrauen zusammenzieht.

„Es lief alles wie immer, bis ..." Sie schüttelt den Kopf, scheint immer noch nicht ganz zu begreifen, was geschehen ist. „Plötzlich haben sich die Infizierten gegen mich gewendet."

Ich ziehe scharf die Luft ein und auch Chris spannt sich plötzlich an. Also hat sie die Untoten doch nicht zu hundert Prozent unter Kontrolle. Plötzlich werde ich nervös. Vor der Tür warten mindestens vier von ihnen, mehr könnten auf dem Weg sein. Was, wenn wir wieder hinauswollen und sie uns angreifen?

Als würde sie unsere Sorge riechen, hebt sie die Hände. „Inzwischen ist alles wieder in Ordnung. Aber damals war es ... brenzlig. Ich musste fliehen und mich in Sicherheit bringen. Ich weiß immer noch nicht, wie das geschehen konnte. Da war so ein … ein Schmerz in meinem Kopf." Sie fasst sich an die Schläfe und verzieht das Gesicht bei der Erinnerung daran.

Paddy seufzt leise. "Und ich möchte nur zwischendurch erwähnen, dass du natürlich mal wieder dein Handy hier vergessen hast. Wie oft habe ich schon gesagt, dass du es immer bei dir führen sollst?"

Mila stöhnt leise und wirft ihm einen genervten Blick zu.

"Warum bist du nicht hierher zurückgekehrt?", frage ich. "Das wäre doch das Naheliegendste gewesen."

Sie nickt. "Das wollte ich. Aber ich musste mich in einem Keller verschanzen. Die ganze Zeit hatte ich keinen Zugriff mehr auf die Infizierten. Sie warteten draußen vor der Tür und sie waren so wild, wie ich es noch nie zuvor erlebt habe. Bis Paddy und Chris auftauchten. Ich verstehe das nicht, aber auf einmal war alles wieder gut."

Chris schnaubt. "Und wer verspricht uns, dass das so bleibt? Dass wir bei dir in Sicherheit sind?"

Fast entschuldigend sieht sie zu ihm auf und schüttelt langsam den Kopf. "Niemand. Das kann ich euch nicht versprechen."

Paddy zuckt mit den Schultern. "Es steht euch frei, zu gehen. Wir halten euch nicht auf."

Raiks Schultern spannen sich wieder an. „Aber mir überlasst ihr diese Entscheidungsfreiheit nicht, nicht wahr?"

Mila lächelt traurig. „Nein, leider nicht. Du musst uns helfen, mit Marek zu kommunizieren. Du weißt es noch nicht. Aber nicht nur er hat Zugriff auf deinen Kopf. Auch du kannst auf sein Wissen zurückgreifen. Du musst es nur lernen."

Chris greift nach meiner Hand und sieht mich vielsagend an. Ich presse die Lippen aufeinander. Ich weiß, was er will. Er will mit mir hier verschwinden. Aber ich kann nicht gehen. Nicht, solange Raik noch hier ist. Ich kann ihn nicht alleine lassen.

„Die Kapseln liegen in ganz Deutschland verteilt?", frage ich.

„Auf der ganzen Welt", korrigiert mich Paddy.

„Das heißt, ihr werdet das Siegerland verlassen", stelle ich fest und er nickt. Ich schweige und warte auf Raiks Entscheidung, wohl wissend, dass ich ihm folgen werde, egal, was er tut.

KAPITEL 22

RAIK

Schon damals, als Paddy uns sagte, dass sie gegen die Aliens ankämpfen würden, wusste ich, dass ich dabei sein will. Denn genau wie Mila dürstet es auch mich nach Rache. Rache für den Tod an meinen Eltern, meinen Freunden und Nor und Sibby. Und der Gedanke, dass wir mit den Kapseln die Ursache für die Apokalypse vernichten könnten, gibt mir sogar ein wenig Hoffnung. Auch wenn die Aktion zum Scheitern verurteilt ist.

„Wie sollen wir drei die Welt umreisen?", frage ich. „Selbst, wenn wir Europa schaffen, wie sollen wir den Kontinent verlassen? Mit dem Auto wohl kaum."

Mila lächelt. „In diesem Fall sollten wir wohl erst einmal vor unserer Haustür beginnen."

„Außerdem wissen wir, dass es noch mehr Träger wie Mila gibt", erklärt Paddy. „Und wir hoffen, dass sie bereits mit der Suche begonnen haben."

„Oder sie helfen den Aliens die Welt zu zerstören", brummt Chris.

„Tja, das ist wohl eine 50/50-Chance, würde ich sagen", meint Paddy und zieht die Nase kraus.

„Und wie soll ich mit ihm kommunizieren?", frage ich und deute auf meine Schläfe.

Mila schaut aus ihren großen, dunklen Augen zu mir auf. „Das bringe ich dir bei. Es ist nicht so schwer, wie es scheint. Er ist schwach und wenn du den Bogen erst einmal raushast, wird er dir alles sagen, was du wissen willst."

Ich horche noch einmal in mich hinein. Im Moment scheint es vollkommen unmöglich, dass überhaupt noch jemand in mir drin ist. Ich fühle ihn nicht mehr. Aber ich weiß, dass die Ruhe trügt.

„Also gut", sage ich schließlich. „Das heißt, wir Drei gegen das Universum."

„Wir Vier", korrigiert Hülya mich. Sie lässt Chris' Hand los, die sie schon seit geraumer Zeit hält und tritt neben mich. „Ich komme mit."

Chris stößt ein gequältes Stöhnen aus, aus dem hervorgeht, dass er genau damit gerechnet hatte. Dann reibt er sich mit einer Hand über das Gesicht und murmelt: „Verdammt. Also gut."

Hülya strahlt und bringt auch mich damit ein wenig zum Lächeln. Es tut gut, eine Mission zu haben. Nicht mehr im Nebel herum zu irren, sondern ein Ziel vor Augen zu haben.

Paddy wirft Mila einen Blick zu, der wohl so viel bedeutet wie: „Ich hab's dir doch gesagt" und sie lächelt wieder. Diesmal scheint es sogar ernst gemeint zu sein.

Ein paar Stunden später sind wir immer noch in wilde Diskussionen vertieft. Die Stimmung hat sich gebessert. In uns allen steckt nun ein Fünkchen Hoffnung. Wir haben wieder ein Ziel, auf das wir hinarbeiten können.

„Den Standort einer der Kapseln kennen wir bereits", klärt Mila uns auf. „Allerdings brauchen wir definitiv ein Auto, um dorthin zu gelangen."

„Wo liegt die Kapsel denn?", fragt Chris, der nun neben Hülya auf dem Boden sitzt und schlückchenweise von seinem Wasser trinkt.

„Maastricht", antwortet Paddy ihm und wir machen alle große Augen.

„Maastricht?", wiederhole ich. „Im Ernst?"

Hülya nickt. „Wir wissen zumindest so viel, dass in jedem Land Europas ein bis zwei Kapseln versteckt liegen. Unser Informant hat uns immerhin noch den Standort dieser einen verraten, bevor er das Zeitliche gesegnet hat."

„So weit so gut", meint Paddy, „unser Problem ist jedoch, dass wir zwar ein Auto auftreiben können, aber nicht genug Sprit, um bis dorthin zu gelangen. Sämtliche Tankstellen in der Gegend wurden bereits geplündert."

Chris tauscht einen kurzen Blick mit Hülya, die ihm zunickt. Dann sagt er: „Ich weiß, wo genug Sprit lagert."

Paddy setzt sich gerade auf und mustert Chris erstaunt. „Ach ja?"

„Ja, allerdings ist es nicht einfach da hinein zu gelangen, es sei denn…"

„Es sei denn, wir nehmen denselben Weg zurück", vervollständigt Hülya seinen Satz.

„Ihr meint das Schloss?", schlussfolgere ich.

Hülya nickt. „Anna hat dafür gesorgt, dass die Vorräte an Diesel und Benzin stets gut gefüllt sind. Für eine Fahrt bis nach Maastricht müsste es auf jeden Fall reichen."

„Die Kanister lagern in einem Holzverschlag neben dem Haupteingang. Hinter dem Schlossbrunnen", erklärt Chris.

„Na dann", Mila setzt sich auf und strahlt uns an. „Worauf warten wir noch?"

Paddy bringt einen Ton zwischen Lachen und Räuspern hervor. „Darauf, dass alle Anwesenden, die auf Schlaf angewiesen sind, diesen auch noch bekommen."

„Ach ja", sie nickt, als hätte sie das ganz vergessen. „Na schön, dann ruht euch erst mal aus. Wir sollten in der Nacht aufbrechen, um nicht zu viel Aufmerksamkeit zu erregen."

Da Mila und ich die einzigen sind, die keinen Schlaf benötigen, dauert es nicht lange, bis wir wieder ins Gespräch kommen. Ich beobachte sie aus dem Augenwinkel, während sie ihre Jacke auszieht und ordentlich neben sich faltet. Sie scheint die Ruhe in

Person zu sein, keine Spur von Angst oder Aufregung.

„Darf ich dich mal etwas fragen?"

Sie schaut auf und nickt. „Klar."

„Wie viel von deinem alten Ich steckt noch in dir?"

Zunächst sieht sie mich nur stumm an, dann schmunzelt sie leicht. „Zum Glück nicht mehr allzu viel."

„Also, wer bist du jetzt? *Was* bist du jetzt?"

„Das habe ich mich auch schon oft gefragt. Man könnte sagen, ich bin eine Kreuzung zwischen Mensch und Alien." Sie überkreuzt die Zeigefinger, sodass sie ein X bilden. „Eine genaue Bezeichnung habe ich dafür auch nicht."

„Aber was ist von deinen alten Charaktereigenschaften noch übrig?"

Sie lacht leise und nickt zu Paddy hinüber. „Da musst du wohl eher ihn fragen. Er kann dir wahrscheinlich sogar im Schlaf ein paar meiner nervigsten Eigenschaften aufzählen."

Ich folge ihrem Blick zu dem rothaarigen Jungen, der friedlich auf dem Boden vor der Pritsche liegt und schläft. Mit dem Unterarm bedeckt er sein Gesicht, der Mund ist leicht geöffnet und hin und wieder entkommt ihm ein leises Schnarchen. Das Bett hat er Hülya überlassen. Allerdings erst, nachdem er dreimal hintereinander im Schnick-Schnack-Schnuck verloren hat.

„Ihr mögt euch gerne, oder?", frage ich und sehe, wie sie die Mundwinkel hinunterzieht.

„Wir haben einiges gemeinsam erlebt. Das schweißt zusammen."

Ich nicke und wage mich an die nächste Frage heran. „Und du … du bist verliebt in…", ich vermeide das Wort Alien, „in Dante?"

Nach einigen Sekunden des Schweigens wendet sie mir das Gesicht zu. Mit ihren dunklen Augen tastet sie meine Mimik ab, versucht wohl, herauszufinden, wie ich über die Sache denke. „Du kannst dir das nicht vorstellen, oder?"

Ich zögere kurz, dann schüttele ich den Kopf. „Ehrlich gesagt nicht. Nein."

„Als ich ihn kennengelernt habe, wusste ich nicht, wer er wirklich ist. Und ich muss sagen, ich konnte ihn nicht ausstehen. Überwiegend habe ich Angst und Abneigung für ihn empfunden. Aber das hat sich irgendwann geändert. Inzwischen ist es mir egal, was er ist." Sie lacht wieder leise und schüttelt den Kopf, als würde sie auf eine unausgesprochene Frage antworten. Dann verrät sie mir: „Er hört übrigens alles mit, deshalb würde ich jetzt gerne das Thema wechseln."

„Oh… Ja, klar."

„Möchtest du wissen, wie du Marek für deine Zwecke nutzen kannst?", fragt sie und ich runzele skeptisch die Stirn.

„Du sagst das, als gäbe es einen roten Buzzer, den ich nur drücken müsste."

Mila zuckt mit den Schultern. „So in der Art kannst du dir das vorstellen. Du kannst die Kommunikation zu ihm beginnen und einstellen wie du willst, wenn du deine eigenen Gefühle erst mal im Griff hast."

Als ich nichts sage, fährt sie fort: „Vielleicht ist dir schon aufgefallen, dass er immer dann die Oberhand gewann, wenn du Angst hattest oder wütend warst. Immer dann, wenn dein Adrenalinpegel hochgefahren ist."

Ich denke über ihre Worte nach und erinnere mich an die verschiedenen Situationen, in denen Marek zum Vorschein kam. Zum Beispiel als ich die tote Sibby sah oder als Hülya und ich vor den Infizierten in die Küche geflüchtet sind. Aber auch… als Helen mich geküsst hat. Ich begreife und nicke langsam.

„Du musst das Adrenalin für deine Zwecke nutzen. Es muss kontrolliert hochfahren. Verstehst du?"

Ich schüttele den Kopf. „Ich weiß nicht, wie das funktionieren soll."

Mila richtet den Blick gegen die Wand uns gegenüber und scheint sich an etwas zu erinnern. „Ich habe es gelernt, indem ich mit Infizierten konfrontiert wurde." Sie zögert. „Vielleicht hilft dir das auch."

Bevor ich etwas erwidern kann, hebt sie die Hand und schüttelt den Kopf. „Aber jetzt noch nicht. Du hast noch genug Zeit. Die erste Kapsel finden wir auch ohne Mareks Hilfe."

225

Ein paar Stunden später wecken wir die anderen. Chris verzieht das Gesicht und lässt den Kopf auf den Schultern kreisen. Sein Nacken knackt nicht nur einmal. Chris hatte die unbequemste Schlafposition. Sitzend auf dem Schreibtischstuhl.

Hülya setzt sich auf und streckt sich soweit es ihr möglich ist. Ihren Rippen scheint es immer noch nicht ganz gut zu gehen, denn sie schont sich sichtlich. Auch Chris scheint das aufzufallen. „Vielleicht solltest du hierbleiben, bis wir alles Notwendige besorgt haben. Es ist ja nicht nötig, dass wir alle zusammen gehen."

Sie schüttelt entschieden den Kopf. „Auf gar keinen Fall. Mir geht es gut. Außerdem will ich die Gelegenheit nutzen und noch ein paar Dinge aus meinem Zimmer holen."

Chris macht große Augen und auch wir anderen halten in unseren Bewegungen inne. Paddy zieht die Stirn in Falten. „Dein Ernst?" Er wechselt einen kurzen Blick mit Mila, dann zuckt er mit den Schultern. „Ach, was soll's. Von mir aus."

„Was willst du denn noch holen?", fragt Chris. „Ich dachte, wir hätten uns darauf geeinigt, auf schnellstem Weg durch das Schloss hinaus zu gelangen? Wir holen den Sprit, schnappen uns eines der Autos und hauen wieder ab."

Hülya steckt sich in aller Seelenruhe die Haare hoch. „Es ist nur eine Kleinigkeit. Ich weiß genau, wo sie liegt und werde nicht mehr als zwei Minuten brauchen. Ihr anderen könnt in der Zeit schon mal raus. Ich komme dann nach."

Ich betrachte Hülya konzentriert. Ich sehe, dass sie ruhig und gelassen zu sein versucht, aber ich bemerke auch, die kleinen Anzeichen von Nervosität und Unsicherheit. Das feine Zucken um ihre Lippen, der ausweichende Blick. Die Sache scheint ihr sehr wichtig zu sein und ich denke nicht, dass einer von uns sie von ihrer Idee abbringen kann.

„Ich begleite dich", biete ich an, doch Chris lacht sofort auf. „Das wird ja immer besser. Auf keinen Fall wirst du alleine mit ihr gehen. Das werde ich tun."

Hülya schüttelt den Kopf. „Das geht nicht. Du musst den anderen den Weg zeigen. Alleine finden sie den Ausgang nicht schnell genug. Und Raik weiß nicht, wo der Schlüssel zum Brunnen liegt."

Gerade als Chris den Mund öffnet, um sich erneut zu beschweren, wirft Paddy den Kopf in den Nacken und stöhnt genervt auf. „Ey, Leute! Im ernst, wo sind wir hier? Im Untoten-Remake von Twilight? Wer von euch ist der Vampir?", will er wissen und sieht Chris und mich nacheinander an, „du. Ganz bestimmt", stellt er trocken fest und deutet auf mich. „Dann ist er da", er nickt zu Chris hinüber, „der Werwolf. Und tadaaa. Wir wissen doch alle, wer das Mädel bekommen hat. Also kürzen wir die Sache hier mal ein wenig ab. Ich gehe mit Hülya auf ihr Zimmer", er unterbricht sich kurz, um ihr anzüglich zuzuzwinkern, „während Eddie und …

wie auch immer der andere Kerl hieß, mit der Alien-braut alles andere erledigen. Widerspruch bis es klatscht", sagt er und klatscht unverzüglich in die Hände. „Alles klar. Dann wäre das ja geklärt."

Gegen meinen Willen muss ich schmunzeln und auch auf Milas Gesicht erscheint ein amüsiertes Lächeln. Nur Chris wirkt noch verstimmter als zuvor. Der Vergleich, den Paddy gezogen hat, scheint ihm nicht sonderlich gut gefallen zu haben.

KAPITEL 23

HÜLYA

Manchmal erschrecke ich vor mir selbst. Ich bin normalerweise nicht so. Eigentlich halte ich mich von Problemen fern. Nur deshalb habe ich bisher überlebt. Denn die beste Überlebenstaktik ist es, Gefahren zu erkennen und zu umgehen. So einfach ist das. Aber die Strategie kann ich sowieso vergessen seit ich Raik kennengelernt habe. Ich erkenne die Gefahr. Er ist die Gefahr. Und ich will ihn nicht umgehen.

Aber diese Sache hier ist anders. Sie hat nichts mit ihm zu tun, sondern mit meiner Familie. Schon seit geraumer Zeit hat sich dieser Gedanke in meinem Kopf festgesetzt. Aber erst jetzt, als klar ist, dass wir ins Schloss zurückkehren, sehe ich meine Chance gekommen. Und ich werde sie nicht verstreichen lassen.

Wir sind bereits alle im Vorraum versammelt, als Hülya die Tür zur Tiefgarage öffnet.

„Wo willst du hin?", fragt Raik und deutet mit dem Daumen hinter sich. „Es geht hier lang."

„Ich weiß", antwortet sie und macht den vier Infizierten Platz, die auf der anderen Seite gewartet haben. Als sie den Raum betreten, weiche nicht nur ich erschrocken zurück. Einzig Paddy bleibt stehen, wo er ist und zuckt nicht einmal mit der Wimper, als einer der Infizierten direkt neben ihn tritt.

„Scheiße, du willst die doch nicht etwa mitnehmen?", stößt Chris aus und legt gewohnheitsmäßig die Hand an den Griff seines Messers.

„Natürlich", erwidert Mila und klingt dabei, als wäre sie erstaunt über seine Frage. „Sie dienen unserem Schutz."

Ich lache auf, weil das so paradox klingt. Noch nie habe ich Infizierte als etwas anderes als eine Gefahr angesehen.

„Okay, sparen wir uns die Diskussion, ja?", mischt Paddy sich ein und taktiert Chris mit einem bohrenden Blick. „Ich vertraue Mila und das solltet ihr auch tun. Drei Jahre bin ich jetzt schon mit ihr unterwegs und nicht nur einmal haben sich die Biester als äußerst nützlich erwiesen. Sie kommen mit."

Ich spüre, wie Chris neben mir tief einatmet und auch Raik scheint die Gesellschaft der Untoten nicht gerade zu genießen. Doch keiner von uns macht sich noch die Mühe zu widersprechen. Ich bin heute nicht die Einzige, die mit einer blöden Idee aufwartet und wenn man es mal im Großen und Ganzen betrachtet, ist alles, was wir tun eine einzige blöde Idee.

Klug wäre es, uns irgendwo ein sicheres Versteck zu suchen, Obst und Gemüse anzupflanzen, vielleicht ein paar Nutztiere zu halten und so unser eigenes Überleben zu sichern.

Aber nein, wir wollen ja nicht nur uns, sondern gleich die ganze Menschheit retten. Also stehen hier eine widerspenstige Muslima, ein Mädchen, das Infizierte kontrollieren kann, ein Junge, der einen Alien in sich trägt, ein durchgeknallter Rotschopf in Army-Kleidung und ein eifersüchtiger bester Freund und sehen dem entgegen, was da kommt, als die schwere Tür zum Tunnel sich langsam öffnet.

DANKE

Als ich im August 2015 den ersten Band der X-Reihe veröffentlicht habe, hätte ich mir nicht träumen lassen, dass er einmal so viele Menschen begeistern würde. Dass Mila. Dante, Paddy und co sich aus meinem Herzen direkt in eure schleichen würden.

Ihr macht mich so glücklich, wenn ihr mir nach dem Lesen Nachrichten schickt und Rezensionen schreibt. Das ist mein größter Ansporn.

Und ich freue mich, dass ihr auch Hülya, Raik und Chris eine Chance gegeben habt.

Macht euch noch auf Einiges gefasst.

Und ganz exklusiv für euch gibt es jetzt schon mal das Cover zu X7 (In größter Not).

A.L. KAHNAU

IN GRÖSSTER NOT

In dieser Reihe bisher erschienen:

ZOMBIE-APOKALYPSE.

So etwas passiert, wenn überhaupt, nur in Hollywood und ist von Kreuztal, der beschaulichen Stadt im Siegerland, Lichtjahre entfernt. Es ist ein Wort, das der 16-jährigen Mila so egal ist, wie der gepflegte Vorgarten ihres spießigen Nachbarn.

Als allerdings genau dieser Nachbar eines nachts vor ihrer Tür steht und sie fressen will, kommt sie nicht drum herum, sich mit dem Thema etwas genauer zu befassen.

ISBN-13: 978-3741236679

Alle Hoffnung scheint verloren, bis Mila und ihre Freunde von einem alten Bekannten gerettet werden. Aber ist er wirklich der Retter in der Not? Oder steckt hinter seiner Hilfsbereitschaft doch mehr? Während sie noch versuchen, sein Geheimnis zu lüften, hat die Seuche bereits ganz neue Ausmaße angenommen. Der turbulente zweite Teil der X-Reihe hält einige überraschende Wendungen und herbe Niederlagen bereit.

ISBN-13: 978-3741236723

Die Menschheit steht vor ihrem Untergang und die Einzige, die sie davor bewahren kann, ist eine pubertierende Jugendliche.

Aber die Hoffnungsträgerin wird immer wieder ausgebremst.

Geht es Dante und seiner ominösen Regierung eventuell gar nicht um die Rettung der Menschheit?

Doch was ist dann sein Ziel?

ISBN-13: 978-3741236730

Als Mila und ihre Begleiter auf weitere Überlebende stoßen, die vorgeben, mehr über die Trägerschaft zu wissen, erscheint das fast zu schön, um wahr zu sein. Doch es stellt sich schnell heraus, dass nichts so ist, wie es scheint.

Und hinter jedem Licht verbirgt sich Schatten.

ISBN-13: 978-3741286148

Wenn du überleben willst, halte dich an die Regeln. Ein einfacher Grundsatz, den Hülya seit drei Jahren beachtet. Seit sie den ersten Untoten begegnet ist und Unterschlupf bei anderen Überlebenden gefunden hat.

Die kleine Gemeinschaft hat schnell gelernt, sich selbst zu versorgen und zusammenzuhalten. Doch dann taucht ein Fremder auf und plötzlich wirft Hülya alle Regeln über Bord und riskiert ihr Leben.

ISBN-13: 978-3743188662

Weitere Bücher von A.L.Kahnau

Blut ist dicker als Wasser, heißt es.

Luisa kann dem so nicht zustimmen. Nachdem sich die Familie von ihr und ihrer Mutter abgewendet hat, pendeln die beiden durch ganz Deutschland. Daher weiß Luisa bei ihrem Umzug nach Kreuztal schon, dass sie in dieser kleinen Stadt nicht lange bleiben wird.

Umso überraschter ist sie, als sie hier Yasin kennen lernt, in dessen Familie sie das erste Mal Anschluss und Geborgenheit findet.

Es könnte alles so einfach sein, wären da nicht noch Justus, der Luisas Welt komplett auf den Kopf stellt und ein Geheimnis, das von so großer Bedeutung für sie ist.

ISBN-13: 978-1512128536

Luisa liebt Justus. Das ist Fakt.

Fakt ist aber auch, dass diese Liebe niemals sein darf. Deshalb setzt sie alles daran, ihre Gefühle zu verstecken und ihm aus dem Weg zu gehen.

Doch wie geht man jemandem aus dem Weg, der im selben Haus lebt?

Und was passiert mit einem Menschen, der seine Gefühle und innersten Wünsche missachtet?

Luisa ist hin- und hergerissen zwischen ihrer Liebe zu Justus und dem, was moralisch richtig wäre.

ISBN-13: 978-1530331772

Drei Dinge sind es, die Elena seit frühesten Kindertagen von ihren Eltern eingeprägt bekommt:

Tugend, Fleiß und vor allem Hilfsbereitschaft.

Doch dann trifft sie auf den skurrilen Corvid, der ihr offenbart, dass nichts so ist, wie es scheint und ihr eine Welt voller fantastischer Wesen vorstellt.

Elena gerät in einen Strudel aus Abenteuern, Mythen und Ungeheuerlichkeiten und der einzige Weg zurück führt durch den Goldenen Bogen, der erst dann erscheint, wenn sie es schafft, einen Krieg zu gewinnen, der nicht ihr eigener ist.

ISBN-13: 978-3743102194